www.bbulmedia.com

리라이트

엘라아 중편 소설

리라이트 :
Rewrite

c
o
n
t
e
n
t
s

Prologue. 처음 그 자리로 … 7

1장. 사랑이 먼저 와 있다 … 19

2장. 인어공주가 되어 … 71

3장. 놓다 and 놓치다 … 129

4장. 다시 돌아온 봄 … 177

5장. 그녀를 따라서(After Rain) … 223

6장. 영원한 약속 … 271

epilogue. 사랑을 위한 기도 … 277

작가 후기 … 286

처음 그 자리로

R e w i t e r

"우리, 아니 이제 나, 선배를 그만 놔줄까 해요."

"……어."

여자는 엷은 웃음을 짓는 남자의 입꼬리를 그저 물끄러미 바라보았다. 눈앞의 남자는 이별 통보를 들은 사람치고 너무도 담담했다. 그래서 그녀는 지금도 그가 어떤 생각을 하는지 알 수 없었다.

"……옆자리를 지킨 건 나 스스로 선택해서 한 일이었으니까."

이어지는 그녀의 말에 남자의 표정에 잠깐 좌절감이 스친 것 같아 보였다. 하지만 그 찰나를 확신할 수는 없었다.

"내가 선택한 길이었으니까 그 누구도 원망하지 않아요."

그녀는 이제껏 함께했었던 그 세월 동안 지긋지긋할 정도로 꽉 잡아 주었던 손을 이제 거둔다 말하고 있었다. 마음 한쪽이 울렁이는 것 같기도 했지만 그는 금세 마음을 다잡고 숨을 집어삼켜 보았다.

"이제 그만하는 게 좋을 거 같아요."

"……그만이라."

남자는 그녀가 자신을 향해 내뱉은 '헤어짐'이라는 말을 듣는 순간, 놀라는 마음을 애써 숨겼다. 하지만 따지고 보면 홀로 있던 원래의 자리를 찾아 돌아갈 뿐이니, 당연한 일이라는 생각이 들었다. 남자는 이내 평정심을 찾고는, 자세를 낮추어 소파 등받이에 깊숙이 몸을 기대었다. 담담해 보이는 남자의 모습에 여자는 긴 한숨을 내쉬며 말을 이었다.

"……하…… 여전히 다른 길 위에 있는 건 나였네."

"무슨 뜻이야?"

"말해 줘도, 모를 거니까."

"알아듣게 말해."

"불필요한 말을 해 버렸네, 그만 갈래요."

이별……. 비로소 그 단어가 피부에 확실히 느껴지며 그녀에게 다시 아픔을 주었다. 이제야 늘 원하던 사랑을 찾아 떠날 수 있게 되었는데, 왜 이렇게 심장이 조각나는 것 같은 느낌이 드는지는 알 수 없었다.

"……편한 대로."

별일 아니라는 듯 여자의 모습을 주시하는 남자의 표정은 얼핏 알 수 없어 보였지만, 자세히 들여다본다면 그의 눈이 하는 어떤 말을 읽을 수 있었을지도 몰랐다. 그러나 끝내 그 말이 읽히는 일은 없었다.

"살다 보면, 시간이 흐르면 선배가 조금은 달라질 거라고 생각했는데……."

여자는 자책하고 있었다.

"믿었던 내가 바보였나 봐."

하지만 사실 자신을 탓하고 있을지도 모른다고 남자는 생각했다.

"그랬을까."

바람 소리와 조용한 하늘만 있으면 되는 것처럼, 그저 서로가 처음부터 돌아갔어야 할 제자리로 이제는 갈 때가 왔음이라 여겼다.

그녀가 가는 모습을 바라볼 뿐, 할 수 있는 게 단 하나도 없었다. 세상 다른 소린 다 죽고 그녀의 목소리 하나만이 남았다.

"……선배랑 나는…… 제자리로 돌아갈 뿐이니까."

그는 그녀에게서 먼저 돌아서야 할지도 모르는 어떤 날을 상상해 본 적이 있었다.

"……그동안 고마웠다."

이별의 말이 자신이 아닌 그녀의 입에서 나온 것이 다행이라는 생각이 들었다. 자신만을 담던 예쁜 두 눈에 혹여 상처를 주지는 않을까 걱정을 했었기에, 정말로 잘된 일이라고 애써 밀어내려고만 했다. 지한은 그녀의 자리를 밀어낸 것을 후회하지 않기를 바라며 일어났다.

"그리고 행복해라."

눈물로 채워졌던 그녀의 사랑이 이젠 행복해지도록, 신을 믿지 않는 그가 하늘을 보며 어울리지 않게 기도했다. 그녀가 다시는 그런 아픔을 겪지 않기를, 그녀가 다시 시작할 사랑에는 눈물이 없기를 빌었다.

"내 그럴 줄 알았다."

"그 반응은 굉장히……."

담담히 그녀와의 이별을 말하고 있는 남자.

"굉장히, 뭐?"

"당연하다는 생각에서 우러나온 말 같다?"

그는 별일 아니라는 듯 이 허전한 기분을 자신의 심장에 기웃거리는 불청객 취급하며, 자신 앞에 놓인 잔 속 음료를 마저 비워 냈다.

"야, 그걸 말이라고 하냐."

"뭐?"

"솔직히 네가 남자로서나 내 친구로서는 괜찮지만, 만약 나한테 여동생이 있다면 뭔가 결여되어 있는 네 곁에 두는 거 좀 그렇거든."

남자의 맞은편에 앉은 이도 잔을 비우며 남자를 탓했다.

"감정을 주면 그 이상을 서로 나눠야 하고, 남녀관계의 끝은 결혼 아니면 이별이라는 거, 그게 불편하다는 거지…….”

그의 질책에 남자는 마치 핑계처럼 왜 여자와 헤어져야만 했
는지 그 이유를 내어 놓았다.

“진짜, 말이나 못하면 밉지나 않지.”

“솔직히 말하면, 사랑이라는 거 존재하는 게 아니잖아.”

남자는 얼굴에 빙글거리는 웃음을 머금고 어깨를 으쓱해 보이
며 여유 있게 기지개를 펴 보았다. 그러나 금방 남자의 말을 부
정하는 목소리가 들려왔다.

“그건 아니지.”

“너는 제수씨 가끔 보면 무섭다면서.”

자신의 선택이 잘못된 것 같다고 지적하던 친구를 뜨끔한 표
정으로 만들고 씩 웃어 보이는 그는 아직까지는 편안해 보였다.

“야, 그거랑은 별개지.”

“뭐, 나는 다른 평범한 사람들처럼 의리 지키는 것도, 그리고 가
족을 이루고 책임지는 것도 어려우니 당연히 이별을 선택한 거고.”

이제는 오히려 귀찮은 일 없이, 자신 본연 그대로의 모습대로
일에 미쳐 사는 사람으로 살면 된다는 생각뿐. 다른 것은 중요하
지 않다고 여겼다.

“진짜 나중에 후회 안 할 수 있을 것 같아?”

“무슨 후회?”

“서현 씨 놓친 거…….”

세월로 따지면 곧 6년……. 서현과 자신이 연인이라는 이름으

로 지내온 지 그만큼의 시간이 흘렀다.

"그냥 다 그렇게 사는 거지 뭐."

"잘~났다."

"원래부터 혼자였으니까……."

하지만 자신에게 있어서 점점 성장하는 사랑은 사치였다. 그리고 거짓의 흔적일 뿐……. 결국 그녀는 자신의 손을 놔 버렸고 이별을 말했다. 그래, 그게 올바른 일이었다.

"그러다가 나중에 할아버지 돼서도 그런 말 하나 두고 보자."

"그거 아냐? 나중에 두고 보자고 하는 사람 하나도 안 무섭다는 거?"

그녀로 인해 소통했던 세상에서 홀로 고립되어 가는 기분이었다. 머릿속이 뒤죽박죽되어 버렸다 할지라도, 어차피 그녀는 이제 자신에게 지난 사람이었다. 어떻게 해도 결국 추억일 뿐이었다. 그저 혼자이던 그때로 온전히 되돌아가기를 바랐다.

집으로 돌아온 지한은 오래도록 서현과 자신의 연애를 지켜봐 주던 어머니께도 자신의 이별 소식을 전했다. 남들도 다 겪는 흔한 이별, 그래서 특별할 것도 이상할 것도 없다는 것처럼 차분하게 말이다.

"……그래. 차라리 잘된 거 같네."

아들이 오랜 연인과 헤어졌다는 소식에 '왜?' 라고 이유를 물을 법도 한데, 말을 전해 들은 어머니 연재는 한숨을 푹 내쉬더니 그렇게 말했다.

"어째, 잘됐다는 말이 좀 그렇습니다."

"너 같은 녀석한테는 서현이가 백번 아깝지."

하지만 자신을 향해 거침없는 비난을 하기 시작한 어머니의 속사포 같은 말에 왠지 서운해진 지한은 머리칼을 신경질적으로 쓸어내렸다.

"어머니."

지한이 다소 차갑게 어머니를 부르며 자신을 그만 다그칠 것을 부탁했지만, 연재는 멈추지 않고 말해 왔다.

"솔직히 나는 차라리 서현이가 내 딸이었으면 할 때가 더 많았어."

"아, 진짜 어머니."

하지만 막상 어머니가 하는 이야기를 듣고 보니, 그녀의 전화로 아침을 시작하던 자신이 그녀에게 먼저 잘 잤느냐는 문자를 보낸 건 손에 꼽을 정도였다는 것을 깨달았다.

"나쁜 녀석. 그 착하고 따뜻한 아이를 데려가는 녀석은 참 복 많은 남자일 게다."

"아…… 정말."

해가 바뀔 때 같이 첫 해를 보며 소원을 빈 적도 없고, 가끔 자신에게 안겨 올 때 따뜻하게 마주 안아 주지도 못했다. 추운 거리에서 다정하게 팔짱을 끼고 걸은 일도, 술에 취한 목소리를 듣고 바로 그녀에게 달려간 일도 없었다. 그런 텅 빈 가슴을 가진 남자의 곁에서 아무 말 없이 함께 있어 주었던 그녀였다.

"서현 누나가 참 대단한 거지."

슬쩍 끼어든 동생 정한도 말을 보탰다. 순간 울컥하고 억울해져 버린 지한은 드디어 목소리를 높였다.

"다들 왜 그렇게 서현이, 서현이 하는 거야! 같이 있을 때나 헤어졌을 때나 왜 나한테 와서 서현이를 찾아 대고, 헤어진 게 차라리 잘된 거라고 난리들인 건데."

"형이 서현이 누나한테 어떻게 대했는지. 그걸 말해야 알아?"

"됐어! 윤정한, 조용히 좀 하지? 너까지 보태는 건 사양이다."

그렇게 소리친 지한은 언짢아진 기분으로 방으로 들어가 버렸다.

즐겨 들어서 귓가에 맴돌게 된 어떤 노래처럼, 그녀도 자신에게 오래된 노래가 되어 버렸다. 귀를 막아도 머릿속에 울리는 멜로디 같은······.

하지만 지한은 오랜 후에 이 이별을 후회하게 될 날이 올 수도 있다는 것은 전혀 예상하지 않는다는 듯, 이별 후의 시간들을 그저 무심하게 지나치면 될 것이라 자신하고 있었다.

"웬일로 티브이를 그렇게 열심히 봐?"

"뭣이라!"

"합."

눈에 보이지는 않지만 찌릿 하고 눈에서 전기를 발사하는 서현의 카리스마에, 오늘도 깨갱 하고는 예의 바른 모습으로 자세를 고쳐 앉는 쌍둥이 수현과 두현이었다. 그들은 요즘 그들의 누나인 서현의 행동에 수많은 의문을 만들고 있는 중이다.

첫 번째, 자신들의 행동이 성가시고 지겨울 땐 '뭣이라!' 라는 단어 한 방으로 순식간에 온 세상을 차분하게 만들어 버린다.

두 번째, 자신들에게 화를 낼 때 '거기 서! 당장 거기 안 서면 죽는다!' 라는 무지막지한 엄포를 놓는 것이 아니라, 나지막한 바람소리 사뿐사뿐 내면서 웃는 얼굴로 경고를 했다. 그러나 그 모습에 보다 더한 공포가 엄습하고는 했다.

"짠."

"우와~ 어머니, 이런 귀한 음료를 하사하시다니."

"이 엄마가 언제는 이런 거 안 해 줬니?"

"잘 마시겠습니다."

"그래, 그래."

세 번째, 회사 일에는 그 누구보다도 완벽한 사람이, 가끔은 그날 할 일을 다 못 하고 와도 불안해하는 일 없이, 어마어마한 간식거리를 사 와서는 끝없이 먹는 일이 많아졌다.

"근데 누나, 정확히 30분 전에 과자 한 봉지 다 먹었는데. 그게 또 들어가?"

"어."

마치 하루살이처럼 내일 없이 사는 날이 많아졌다는 것이다. 즉, 어딘가 굉장히 여유로워졌다고 하면 딱 들어맞을 터였다. 그간 열심히 살아온 갸륵한 자신에게 선물을 주는 것처럼 말이다.

"남일 말하듯 하네. 요즘은 집에 일도 안 가져오고, 완전 자유롭네."

"거참. 시끄럽다."

"누나, 그러다 살찐다구."

"조용히 안 하지?"

"헉."

"쉿. 우리 아무 말 안 했답니다."

"해산."

"예썰."

네 번째, 게으름이 생겨 버렸는지, 잔뜩 먹은 뒤에는 새 나라의 어린이처럼 이른 시간에 이불 속으로 쏙 들어가 잠을 청했다. 서현 본인도 늘 있던 일처럼 익숙하게 이불 속으로 쏙 들어가서는 늘어지게 하품을 했다.

날카롭게 빛나던 눈빛으로 일에 매진하던 사람이, 어느새 나무늘보처럼 느릿느릿 소소한 행복을 누리는 사람이 되어 버렸다. 그렇게 그녀의 시간은 다시 흘러가고 있었다.

1장

사랑이 먼저 와 있다

흐드러지게 핀 분홍빛 벚꽃 잎이 가랑비처럼 흩날리고 있는 교정 뒤편에 남녀가 서 있었다.

"죄송해요."

"하아."

고백한 남자가 여자에게 거절당한 것이 아주 명확히 감지되는 순간이었다.

"정말로 죄송해요. 선배가 좋은 사람인 건 잘 아는데……."

여자는 난처함이 묻은 목소리로 앞에 선 남자를 향해 거절의 의사를 밝혔지만 남자도 쉽게 미련을 버리진 못했다.

"우선은 그걸로 시작해 보면 안 될까?"

"그게, 제가 그런 여유가 없어서……. 그리고 효연이가 선배를 좋아하는 건 전교생이 다 아는 사실이기도 하고, 솔직히 친구랑 이렇게 무엇인가 불편한 관계로 엮이는 건 정말로 아닌 것 같아서요."

"내가 싫은 건 아니란 말이야?"

"아니요, 아니요. 효연이는 부수적인 이유예요. 죄송해요."

다시 한 번 자신의 마음을 어필하는 남자와 그런 그의 마음을 받아 줄 수가 없어 정중하게 거절하는 여자의 모습은 오히려 너무 지나치게 조심스러워 보여서, 연애라는 것을 한 번이라도 해 본 사람들일까 하는 의구심마저 들게 했다.

"아니야, 오히려 미안하다. 내 고백 때문에 네가 효연이랑 불편해지면 어쩌지?"

"아녜요, 그런 걱정은 하지 마세요. 오히려 선배가 불편해하지 않으셨으면 좋겠네요."

"그래. 그렇게 이야기해 줘서 고마워."

"네."

거절하는 상대의 마음까지 이해하는 남자, 그리고 그런 그의 진심을 받아 주지 못해 미안해하는 여자의 이야기는 그렇게 일단락되는 듯했다.

"흐음."

그리고 우연히 이런 상황을 바라보게 된 또 한 사람…… . 그는 여자의 곁을 떠나는 남자의 뒷모습을 바라보다가, 이내 이 자리에 더 있어도 될지, 아니면 자신도 이제 조심스럽게 자리를 떠나는 게 맞는지를 고민했다.

"뭐, 이제 나도……."

그러다 결국 일어나기로 마음먹었을 때였다. 띠리릭, 울리는 휴대전화의 발신자를 확인하고는 짧은 숨을 토해 내는 여자의 목소리가 들렸다.

"우와, 어떻게 알고 바로 전화했대?"

동시에 거짓말처럼 동작 그만이 되어 버린 남자는 자신도 모르게 자리에 다시 앉았다.

[맞지? 맞지? 요 며칠 전에 나한테 와서 네 번호 물어보고 갔을 때부터 이렇게 될 줄 알았어!]

"나 참. 그래, 네 생각이 맞았어."

[그럼 내 촉이 맞는 거지! 그래서 어떻게 됐어?]

"거절했지."

[선배도 대단하다. 효연이가 벼르고 벼르다 이제 진짜 고백할 것 같으니까, 선수 쳐서 너한테 먼저 고백한 거잖아.]

"그게 그렇게 되나?"

[너한테 고백해서 잘되면 효연이 고백 들을 일도, 고백 거절할 일도 없게 되잖아.]

"그럴 수도 있겠네……."

남자는 정말로 이상한 기분이 들었다. 도대체 어떠한 힘이 돌아서려고 했던 자신의 걸음을 멈추게 했는지는 알 수 없었다.

[그렇다니까!]

"야, 무섭게 왜 그런 목소리야."

[이게, 이 언니 추리를 못 믿지!]

"아하하. 아냐 믿어, 믿어~"

한 남자의 고백을 거절한 여자가 서서히 멀어져 가는 걸 바라보던 그는 이내 고개를 흔들었다. 그저 아는 사람의 이야기에 잠시 흥미가 생긴 것이리라.

❖❖❖

"이 장면에서는 내가 단독으로 나오는 게 더 좋을 것 같아."

"야, 그건 곤란하다구."

"뭐가 곤란해? 그냥 이 부분만 다시 한 번 촬영하고 재편집하면 되잖아."

"그게 쉬운 게 아니잖아."

투덜대는 어린아이 같은 효연의 짜증에 다들 옅은 한숨을 내쉬며 고개를 저었다.

작품을 함께 준비하고 있던 친구들은, 독선적이고 이기적인 효연 때문에 그동안 꽤 많은 스트레스를 받아 왔다.

"거참, 멋대로 구는 것도 적당히 좀 하지?"

하지만 효연이 제멋대로 구는 것을 도저히 참을 수 없어진 서현이 효연에게 일침을 가했다.

"뭐? 멋대로?"

효연이 잔뜩 날을 세운 채 자신을 질책하고 있는 서현을 노려

보았다.

"다시 말해 줘? 네 멋대로 하는 것 좀 적당히 하라고 했어."

"야, 채서현. 내가 내 멋대로라고?"

"세상일이 다 네 뜻대로 된다고 생각하면 오산이지."

"뭐, 뭐라고?"

"이미 콘셉트까지 다 짜여 있는 상태고, 더군다나 진우가 발품 팔아 가며 고생해서 얻은 추가 영상 제작까지 스탠바이시켜 놨어. 그런데 그 장면에서 너를 단독으로 내보내기 위해서 기존 촬영분을 재촬영하고 재편집해야 하는 거, 웃기지 않아?"

"그, 그건……."

"단순히 너의 허영심 때문이라면 집어치워. 이번 영화에는 네화려한 분위기보다는 지연이의 수수한 분위기가 더 잘 어울려. 재촬영, 재편집하고 싶으면 그 장면에서 네가 단독으로 나와야하는 이유를 정확하게 이야기하고 날 설득해 봐. 그렇지 않으면너, 이 동아리실에서 나가 주라."

모두의 침묵은 이 상황에 대한 긍정을 나타내고 있었다. 사실효연의 공주병으로 인해 심신이 지쳐 있던 친구들은 서현이 제대로 한 방 날려 주자 오히려 반가워하고 있었다.

"뭐, 뭐, 뭐라고? 집어치워?"

"그래, 집어치워."

"너, 보조 따위가 갑질하는 거니?"

순간 동아리실에는 얼음보다 더 차가운 3초간의 정적이 흘렀다. 서현이 동아리에서 담당하고 있는 포지션은 음향과 시나리오 보조뿐만이 아니었다. 즉, 그녀는 이 동아리에서 없어서는 안 될 중요한 존재였다. 동아리 사람들은 효연에 입에서 나와 버린 '보조 따위' 라는 말에, 당장에라도 이 사태를 어떻게든 막아야 하는 것이 옳다고 생각했다. 하지만 생각뿐, 선뜻 나서는 이가 없었다.

"······그래. 보조 따위가 갑질하는 것처럼 느껴졌다면 그건 내 잘못이지만, 언제까지 그렇게 혼자 공주 대접받는 거에 익숙해져서 우리를 하녀나 시중드는 집사쯤으로 대할 거라면 이젠 여기에서 나가 줘."

서현은 '보조 따위가 갑질한다' 라는 말을 들었음에도 동아리 사람 그 누구도 나서서 저를 변호해 주지 않고 그저 관망하고 있는 것에 서운함을 느꼈다. 모두를 대표해서 나섰다가 모든 화를 저 혼자 덮어쓰고, 자기 자신을 자기 자신이 스스로 변호하고 있었다.

효연은 며칠 전 교정 뒤편에서 현수 선배가 서현에게 고백한 사실을 알게 된 이후, 극도로 예민해진 자신을 알고 있었다. 그럼에도 스스로 어찌할 수 있는 상태가 아니어서, 철없는 행동임을 알면서도 히스테리를 부릴 수밖에 없었다. 자기 자신이 제어가 되지 않아 짜증이 나 있는 상태를 다들 이해해 줘야 한다고 억지로 강요하고 있다는 것을 알면서도 말이다.

"너, 채서현 진짜······."

"그렇게 노려봐도 내 생각은 달라지지 않거든."

"뭐라고? 너 도대체 뭐가 그렇게 잘난 건데?"

하지만, 이 일촉즉발의 상황에서도 그저 손에 들린 책에만 시선을 고정하고 있는 지한은 마치 그들과 다른 세상에 있는 듯해 보였다.

"흐음."

그런 겉모습과는 달리 지한은 탁 소리를 내며 책장을 덮어 버렸고, 모두의 시선이 집중되는 것에는 별 신경을 쓰지 않는 듯 앉아 있던 자리에서 살며시 일어났다.

서현은 할 말이 남은 듯, 다시 입을 열었다.

"난 그렇게 말한 적 없어."

"너 나한테 왜 그래, 채서현?"

효연은 씩씩거리는 숨소리를 진정시키며 서현을 매섭게 노려보았다. 하지만 그런 눈빛은 무섭지도 않다는 듯이 담담한 서현 역시 한 치의 물러섬이 없었다. 그 탓에 그들을 둘러싼 친구들의 심장은 금방이라도 터질 것 같았다.

"지금 그 말을 해야 하는 건 나인 거 같은데?"

"정말 너!"

말을 끝낸 서현은 지한이 문을 향해 걸어가는 걸 아무 감정 없이 응시하고 있었다.

"나도 부탁받아서 내 시간 빼 가면서 온 건데, 가까스로 맞춰진 필름값이 주인공 때문에 아까워지면 안 되니까 말한 것뿐이야. 당분간 나한테 연락하지 말아 줘. 혼자만의 시간이 좀 필요할 것 같다."

그러는 와중에 지한이 문을 나서려다 말고 한 마디 했다.

"뭐, 이젠 저 녀석 감정컨트롤 못 하는 모습을 더는 못 봐주겠다는 거지."

"……야, 윤지한!"

"나참, 선배인 내 이름을 그렇게 큰 소리로 부를 정도로 내가 옳은 말을 했던가."

"아, 정말 저게 진짜!"

"내 이름은 윤지한이지, '저게 진짜'가 아니라서. 나를 부른 것 같지는 않으니 넘어가지, 일단은."

이런 순간에도 자신에게 방해가 되는 것에는 조금도 미련이 없다는 듯 문손잡이를 잡고 나가는 지한의 뒷모습을, 효연이 매섭게 노려보았다. 뒤이어 서현 또한 지한이 금방 닫고 나간 문을 다시 열고는 이 복잡하고 답답한 공간을 벗어나 버렸다. '쾅' 하고 문 닫히는 소리만이 동아리실에 울려 퍼졌다.

늘 그렇듯 달라진 것 없는 학교 도서관을 향해 걷고 있는 남자는 무슨 생각을 하는지 알 수 없는 눈빛을 하고 있었다.

"윤지한이다!"

그러고는 그 남자, 윤지한을 발견한 도서관의 여학생들이 일순 소란해졌다.

"어디?"

"꺄아~ 저기저기!"

교수님의 부르심에도 이토록 빠르게 반응한 적이 없는 여학생들의 시선이 빠르게 한곳에 집중되었다.

"쟤 지금 어디로 가는 거야?"

"책 읽으러 가는 거겠지."

"걸음걸이에도 시크함이 뚝뚝 묻어난단 말이지."

서현은 같은 동아리 활동을 하고 있는 효연과의 일로 머리가 복잡한 상태였기 때문에 사람들의 지대한 관심을 받고 있는 지한에게 신경 쓸 여력이 없었다. 더구나 그런 웅성거림으로 인해 지금의 시간이 방해받지 않기를 기도하고 있다.

"여기에서 뭐 해?"

하지만 그런 기도는 신께 닿지 않은 듯, 익숙한 목소리가 들려왔다.

"……저한테 정말로 볼일 있는 거 아니면, 알은척 말아 주세요."

"뭐?"

서현에게 자신의 등장이 썩 반갑지 않음을 깨달은 지한은 잠시 그대로 멈춰 버렸다.

"알은척하지 말아 달라구요. 지금 선배가 이렇게 다가와 인사를 건네면, 선배 일거수일투족을 주시하는 팬들 때문에 방해가 되니까요."

"방해?"

"네."

지한은 고개를 들어 자신을 바라보고 있는 무리들을 발견하더니, 금세 얕은 한숨을 내쉬었다.

"뭐, 딱히 신경 안 써."

"하아······."

하지만 불쾌함을 참을 수 없어진 서현은 소리가 나도록 거칠게 책장을 덮어 버렸다. 입술을 살짝 깨물고서 무엇인가를 이야기할 결심을 한 서현이 말했다.

"저 사람들은 아닐 거예요."

"뭐?"

한편, 지한은 여전히 자신의 이야기를 못 알아듣고 있는 듯했다. 서현은 왠지 허탈해졌다. 혼자서 감정을 정리하고 싶은데 혼자 있을 수도 없었고, 제 시간을 방해하는 지한에게 자리를 비켜 달라 설득하는 것도 불가능해 보였다. 결국 자신이 자리를 옮기는 수밖에 없다고 생각한 서현은 그대로 일어나 걸음을 옮기며 지한에게 손을 들어 보였다.

"그럼 전 이만."

"채서현."

지한이 부르자 서현이 재빠르게 제 할 말을 쏟아냈다.

"······저 수많은 시선을 보고서도 느끼는 게 없는지, 다시 한번 생각해 보라구요. 이 헛똑똑이씨."

"헛똑똑이?"

벌떡 일어나 뒤돌아 걸어가는 서현의 뒷모습을 바라보고 있는 지한은 또렷하게 잘생긴 얼굴은 아니었지만, 일본 순정만화에서 성격 나쁜 남자 주인공으로 나올 법한 날렵한 모습을 가지고 있었다.

시선이 마주치면 심장이 당장에라도 튀어나올 것 같고, 긴 손가락이 움직일 때면 숨을 쉬기도 힘들어지는 여자들의 마음을 본인만 몰라주고 있었다.

그렇기에 서현은 동아리실 외의 다른 곳에서, 그가 자신에게 다가와 인사를 건네고 있는 이 자리 자체가 불편했던 것이다.

지한에게서 몇 걸음 벗어난 서현은 그제야 두근두근 뛰어 대는 심장 위에 손을 얹으며 긴장을 가라앉히려 애썼다.

"그렇게 쳐다보고 간섭하면 저 헷갈린다고요, 이 바보."

서현은 얼이 빠져 있는 지한을 두고, 읊조리듯 나지막이 말하며 자리를 떠났다.

그때, 지한과 서현이 빠져나간 동아리실에서는 이 일을 어떻게 해결할 것인지에 대한 토론이 한참이었다.

"하아. 미치겠네. 아직은 시간이 남았대도, 영화가 뚝딱 만들어지는 것도 아니고, 늦기 전에 빨리 작업 시작해야 되는데……."

"서현이 없으니까 도무지 일이 진전이 안 되네. 나 참."

"그러게. 우리, 서현이 믿고 너무 아무것도 안 하고 가만히 있었던 것 아닐까?"

든 자리는 몰라도 난 자리는 표가 난다던 옛 어른들의 말처럼, 평소에 누구에게나 친절하고 제 할 일 똑 부러지게 잘하고, 자신의 일이 빨리 끝나면 남는 시간에 다른 이의 일까지 나누어 해 주던 서현의 빈자리는 너무 컸다. 그녀의 큰 존재감을 깨달은 영화 동아리 일원들에게는 그녀의 도움이 너무나도 절실해 보였다. 어떻게든 서현의 마음을 돌려야 했지만 도무지 방법이 생각나지 않았다.

도저히 자기들끼리는 해결책이 보이지 않자, 한 명이 슬쩍 다른 화제로 운을 띄웠다.

"그런데 서현이 왜 현수 선배 같은 사람을 찬 거지?"

"내가 아냐? 그래도 걔는 자기가 자기 스스로를 평가절하해서 그렇지 솔직히 꽤 예쁜 얼굴인데, 그냥 본인이 살기 바빠서 관심이 없을 뿐이야."

"맞아. 꾸미고 다니지를 않아서 그렇지, 가만히 보면 예쁘더라고."

모두가 인정하듯 고개를 끄덕였다. 그러던 중 한 명이 이전 대화에서 의문을 캐치해 내곤 다시 질문을 했다.

"살기 바쁜 건 익히 들어서 알고 있는데, 그 정도로 어려워?"

"지금은 그렇게까지 어렵진 않은 것 같아. 물론 아버지 돌아가시고 나서 한 3년은 어려웠다더라. 그래서 그렇게 지독하게 시간 관리를 하는 거고. 나도 뭐 자세히는 몰라."

"그래서 연애에는 관심이 없으시다?"

"그렇지. 아악. 어쨌든 채서현이 돌아와야 우리 동아리 대대로 전해져 내려오는 졸업 작품 전통이 끊어지지 않을 텐데, 걱정이네."

"어떻게 하지?"

현수의 마음을 얻지 못해 동아리에서 온갖 짜증과 스트레스를 풀고 있는 효연 때문에, 서현은 동아리실을 나가 돌아오지 않았다. 동아리 사람들은 졸업 작품에 대한 고뇌로 머리칼을 쥐어뜯을 뿐이었다.

"계속 그러고 서 있을 거야?"

"……."

현수는 자신에게 일어난 상황을 어떻게 받아들여야 할지 난감한 표정이 되어 버렸다. 그를 찾아 학부 사무실로 온 효연이 아무 말도 하지 않고 침묵만을 고수한 채 서 있었다. 현수가 기다림에 답답해질 때쯤 마침내 효연이 입을 열었다.

"미안해요."

"……소문은 들었다만, 네가 여기까지 찾아왔다는 건 그 소문이 사실이라는 이야기네."

그 말에 두 손으로 얼굴을 덮어 버린 효연과 그런 그녀를 바라보는 현수의 마음이 모두 복잡했다.

"나한테 사과를 해야 할 일은 아닌 것 같고. 그래서 부탁이라는 게 뭐야? 내가 어떻게 해 주면 되는 건데?"

"저기 그러니까, 연락 좀 해 주세요."

"연락?"

"네. 저희 전화는 아예 안 받아서요. 서현이가 선배랑은 잘 해

결되었다고 들었거든요. 평소처럼 가끔 안부는 묻는 사이이시니까, 연락 좀 부탁드릴게요."

효연의 자기중심적인 부탁에 절로 한숨이 터져 버린 현수는 아무런 말 없이 그저 움직이는 시곗바늘만 잠시간 바라보고 있었다. 그리고 그 잠깐의 침묵 끝에 한 마디를 툭 내뱉었다.

"……너, 참 못됐다."

"네?"

"나를 좋아하긴 하니? 나라면 내가 좋아하는 사람을 곤란하게 하고 싶지는 않을 것 같거든."

"그, 그건……."

남들보다 이른 나이에 대학을 조기졸업하고 대학원 학업과 학부 사무실 일을 병행하며 살아가는 동안, 처음으로 좋아해 본 이성이 서현이었다. 그들의 연락을 피하고 있다면, 그가 연락을 한들, 그들의 얘기를 꺼내는 순간 서현이 불편해질 터였다. 그리고 자신은 서현이 불편해지길 원하지 않았다.

"그만 가 봐. 일단은 생각할 시간이 좀 필요하니까."

현수는 서현의 거절을 받아들인 지도 얼마 되지 않은 자신에게 불쑥 찾아와, 당사자인 그녀에게 달갑지 않은 연락을 해 줄 것을 부탁하는 효연의 배려심 없는 모습에 조금 화가 났다.

"어서."

"그게……."

하지만 어찌 되었건 자신도 이 상황에 일조를 했다는 생각은 들었기에, 어떻게 해야 할지 고민해서 선택을 해야 할 것 같았다. 현수의 고민이 깊어질수록 한숨 소리도 깊어져 갔다.

"아니면 이 자리에서 바로 거절할까?"

"아, 아니에요, 연락 기다리겠습니다!"

달칵. 급히 문을 닫고 학부 사무실을 나온 효연의 얼굴은 정말로 당장 타 버릴 것처럼 빨갛게 변해 버렸다.

"하…… 나 도대체 무슨 짓을 한 거야."

심장이 터질 것 같았다.

"정말 내가 이렇게까지 해야 해?"

효연은 가져 보지 못한 것이 없는 삶을 살아 왔고, 누군가를 짝사랑해 본 적도 없었다. 첫 짝사랑에 답답했던 차에 그 사람이 바라보는 대상이 자신이 아닌 서현이라는 사실을 알았고, 유치한 줄도 모르고 작품 제작에 말도 안 되는 트집을 잡았던 것이다. 그러나 자신이 이렇게까지 해야 하나 싶은 마음에 속이 상했다.

"효연아."

"아, 어, 수민아."

"너 학부 사무실에서 뭐 했어?"

그렇게 벌여 놓은 일을 아무도 모르게 수습하고자 했었는데 곧바로 동아리 사람에게 발각되어 버리자, 효연은 헛웃음이 나올 지경이었다. 어쩐지 일이 꼬이는 것만 같아 심란했다.

"그, 그게……."

"하…… 너 서현이한테 정말 사과 안 할 거야?"

그런 효연을 바라보는 수민의 감정은 참으로 복잡했다. 어서 효연이 서현과 화해를 해야 모두에게 좋을 것 같은데, 돌아오는 효연의 대답은 단호하기 짝이 없었다.

"안 해."

"뭐?"

수민은 오랜 친구이자 가족처럼 지내 오고 있는 서현이 현재 어떠한 상태인지 알기에, 그녀가 혼자만의 시간이 필요하다는 것에 암묵적 동의를 하고 그녀를 내버려 둔 것이었다.

그러나 서현에게 사과는 안 하겠다 하면서도, 현수 선배를 통해 서현에게 연락해 문제를 해결해 보려 한 효연을 생각하니 한숨이 나왔다.

"하아…… 너네를 어쩌면 좋냐."

상황이 어지러워 수민이 한숨을 푹 내쉬는데 효연이 갑자기 눈물을 툭 하고 떨구었다.

"흐, 으윽."

"그래. 일단 울어라, 울어."

"어떻게든 해결해 보려고 현수 선배한테 연락 부탁했는데…… 생각해 보겠대……."

수민은 과연 이 방법이 독이 될지 아니면 득이 될지 가늠을 할 수 없어 고민스러워졌다. 과연 이 철없는 아가씨의 마지막 시도가 어떻게 결론을 내릴지 걱정이 되어 수민의 한숨이 더욱더 깊어지고 있었다.

지나다 우연히 그 모습을 보게 된 지한은 잠시간 지켜보다 이내 몸을 돌렸다.

"⋯⋯나, 신경 쓰고 있는 건가?"

거기 있던 이들보다 서현이 무척 신경 쓰였다. 왠지 모르게 그녀가 있을 곳을 알 것 같아, 생각이 이끄는 대로 걸어가 보았다.

"안녕."

푸르른 하늘 아래에 자리 잡고 있던 서현에게 지한의 짧은 인사가 들려왔다.

그러나 대답 없는 서현은 감은 눈을 뜰 생각조차 하지 않았다.

"실례."

발걸음이 더욱더 가까워졌다. 가까워지는 발소리에 맞춰 서현의 얼굴에 비추던 따가운 햇살이 사라지고 그림자가 내려앉았다. 조심스럽게 손을 뻗은 지한이 그녀의 귀에 꽂혀 있는 이어폰을 빼 버렸다.

"⋯⋯뭐하는 거예요?"

서현이 눈부심에 찡그리듯 눈을 뜨며 말했다.

"뭐, 어쩌다 보니, 나도 음악 좀 듣고 싶어서."

그녀의 귀에서 빼앗아 간 이어폰 한쪽을 자신의 귀에 꽂아 넣은 지한은 눈을 감고 한동안 아무 말 없이 피아노 선율에 집중했다.

"이 음악 알아요?"

그의 태도에 서현은 어쩔 수 없다는 듯 찡그렸던 눈을 풀고 지한에게 물었다.

"……하늘 아래서 들으니 더 좋은 거 같네."

지한은 의외로 피아노 연주곡을 좋아했기 때문이었다. 피아노 연주곡의 특성상 대부분의 곡들은 마음의 평안을 찾아 주었다. 마음의 통증이 잠시나마 사라지는 것처럼 느껴졌기 때문이었다.

"선배 취향도 독특한가 보네."

"그러게. 너도 피아노 연주곡을 듣다니, 안 어울리게."

"……저도 여자거든요."

"미안."

가끔 학교에서 보이는 그녀의 모습은 굉장히 바쁘고 피곤해 보였다. 수업시간에는 그 어느 누구보다 집중을 하기 위해 노력하고, 무엇인가를 써 내려가는 것을 좋아하는지 손에 늘 수첩이 있는 사람이었다.

"말로 싸우는 건 됐다. 시간이 아까워."

"당연한 거잖아요."

그래서 이런 음악이 필요했을까 하는 생각이 들었다. 그는 며칠 전 고백을 받아 곤란한 상황에 직면한 그녀의 상황은 물론이고, 왠지 그녀가 자신처럼 커다란 아픔을 가지고 있는 사람은 아닐까 하는 느낌이 자꾸 들었다. 때문에 지금 이 순간, 평안해지는 피아노 연주곡을 함께 듣는 것이 조금은 편하다는 생각이 들었다.

"잘 들었다."

지한이 잠시 고개를 돌려 자신의 귀에 있는 이어폰을 빼 드는 순간, 그녀의 눈에서 맑은 눈물이 한 방울 떨어진 것을 발견하고 더는 말을 이어 갈 수가 없었다.

"뭐, 잘 들었음 다행이지만. 그래도 갑작스럽게 남의 음악 감상을 방해하는 건 좀 아니지 싶어요."

애써 아무렇지 않은 척 담담히 말한 서현은, 눈이 부신 것처럼 손을 들어 눈가를 가리며 옅은 웃음을 지어 보였다. 지한은 잠자코 그 모습을 바라볼 뿐이었다.

"나도 내가 좋아하지 않는 음악이었다면 그냥 조금 있다가 가려고 했는데, 너랑 나랑 서로 음악 취향이 비슷한 건 네 불행일까?"

"저한테는 불행일 수도 있겠네요. 취향이 비슷하다는 게 어떤 사람들에게는 행운일 수도 있겠지만 말이죠."

"귀찮아서? 아니면 나 때문에 불편해져서?"

"잠자코 들으실 거 아니면 좀 가 주시겠어요?"

"……듣지 뭐."

평소에는 친구들에게 다정하게 미소 짓고 나긋한 말투로 대화를 나누던 그녀였기에, 얼굴에 내려앉은 긴 눈썹의 그림자가 왠지 모르게 슬퍼 보였다. 그래서인지, 지한은 그녀가 신경 쓰였다. 왜 그 미소 뒤에 슬픔이 숨어 있는지.

지한은 서현의 곁을 떠나는 대신 이어폰 한쪽을 다시 귀에 꽂고, 흐르는 음악을 조금 더 듣는 것을 선택했다.

"정말 불행하게도, 이 곡도 잘 아시는 모양이네요."

"미안하게 됐다."

이 곡은 현악과 피아노가 점차 어우러져 가다가, 종래에는 해금과 단소가 그 어울림을 더욱 극대화시켜 주는 곡이었다.

지한은 지금 이 순간 이 음악을 함께 듣고 있는 사람이 그녀라는 사실이 굉장히 편안하게 느껴졌다. 그리고 그 사람이 서현이라서 다행이라 생각됐다.

"참 절묘하게 어울리는 팀인 것 같아."

"정말 안 어울릴 것 같던 악기들이라서, 어우러졌을 때의 감동이 더 큰 것 같아요."

"나랑 같은 생각 하네."

함께 같은 음악을 들으며 음악에 대한 공감을 나누자, 서현의 기분이 아까보다 조금 누그러진 듯했다. 서현이 조심스레 입을 열었다.

"……학교가 내 소유도 아니고 여길 누가 오든 의심할 게 없는데, 괜히 경계했나 봐요."

"경계?"

"바보 같았네."

중반부를 향해 가고 있는 음악 사이로 조용히 속삭이듯 들리는 그녀의 목소리가 이상하리만큼 선명하게 느껴졌다. 지한은 잠시 숨을 고르고는 들리지 않을 목소리로 작게 대답했다.

"바보 같다기보다는, 조금은 위험한 성격인 거 아닌가."

"……위험해요?"

그리고 다시 짧지만 마치 몇 시간 같은 침묵이 흘렀다. 그러다 다시 말을 꺼낸 건 지한이었다.

"얼마 전 동아리실에서의 일을 알고 있으니까 그냥 못 지나치겠더라고."

"……난 다만……."

"다만?

지한은 서현의 얼굴에 비친 옅은 미소와 그 표면 아래 깊은 곳에 자리한 크나큰 슬픔을 발견해 버렸다.

"우리가 학부도 아니고 동아리이기는 해도 나름 작품을 만드는 건데, 사적인 감정을 개입시켜서 작품을 망치려는 효연이 마음에 안 들었어요. 동아리 사람 모두가 그 문제에 대해 그렇게 생각을 하고 있었구요. 그리고 효연이가 현수 선배 일로 저한테 화가 나서 그러는 걸 아니까…… 더욱이 제가 대표로 말해야 한다고 생각했어요."

지한은 고백을 거절하던 그녀의 모습에 대해서는 차마 언급하지 못했지만, 그것이 '사랑'이라는 단어를 감당할 수 없어 도망치듯 외면하는 자신과 비슷하게 느껴져 동질감을 느꼈다. 지한이 서현과 얼굴을 가까이하고 말했다.

"……그렇다고 네가 총대를 멜 필요는 없었어."

"……하아. 내가 지금 선배 앞에서 무슨 소리를 한 건지. 또 바보 같은 말을 해 버렸네요, 나 참. 에고고."

"그게 무슨 소리야?"

"그런 게 있어요. 그럼 광합성 잘하시구요."

서현은 이내 무릎을 짚으며 일어나더니 지한의 어깨에 손을 턱 올리곤 가볍게 툭툭 두드렸다. 그러고서는 어리둥절해져 멍한 표정을 짓고 있는 지한을 남겨 두고 뒤돌아 걸어갔다.

"그럼 이만 안녕입니다."

손을 흔들어 보이며 옥상 문으로 씩씩하게 걸어가는 서현의 모습을 지한은 한참 동안 바라보기만 했다.

정말이지 보면 볼수록 신기한 여자였다. 모두가 답답해하는 이야기들을 거침없이 꺼내기도 하지만, 지략이 뛰어나 절대로 상대방의 기분이 상하지 않도록 배려를 하는 개념도 탑재했다. 또한 교수님들 사이에서도 최고는 아니지만 최선을 다하는 모습 덕분에 신뢰받는 사람……. 하지만 모두가 귀찮아하고 부담스러워하는 공식 공주병 효연의 탓으로 벌어진 일 때문에 채서현이라는 사람의 예상외의 모습을 보게 됐고, 그녀에게 처음으로 호기심이 생겼다.

"……신경, 쓰이는 거 맞네."

남자에게는 관심이 없는 듯했지만 주변 사람들의 어려운 일에는 발 벗고 나서는 것이나 그 안에 숨겨진 사연의 실마리 탓에, 누구에게도 관심이 없던 지한의 인생에 그녀가 신경 쓰이는 존재로 자리매김해 버린 것 같았다. 그래서인지 자꾸만 어리둥절한 기분이 드는 요즘이었다.

"하아."

달칵. 쿵.

42

등 뒤에서 문 닫히는 소리가 나고서야 떨리는 마음을 겨우 수습한 서현은 제 두 손을 불끈 쥐어 보았다. 하지만 아직도 진정되지 않는지 온몸이 찌릿찌릿한 것 같았다.

"얼굴을 그렇게 가까이 들이대면 나는 어쩌라고."

그를 처음 보았을 때 학교 안에 그를 추종하는 여학생들만큼은 아니었어도 난생처음으로 설레는 마음을 가져 보았다.

하지만 자신은 그저 현재를 살아가는 것만으로도 벅찼다. 아니, 정확히 말하면 그럴 틈조차 없었다. 때문에 영화와 음악을 좋아하는 자신이 동아리에서 영상음악 편집을 보조하고 그 일을 하며 같은 동아리 내에서 그를 볼 수 있다는 것만으로 만족하고 있었다.

"가까이서 보니 잘생기긴 엄청 잘생겼네."

하지만 현수의 고백이 있던 날에 하필이면 그에게 그 모든 장면을 다 보인 것은 물론, 자신에게 의도적으로 태클을 거는 효연에게 이성을 잃은 자신의 모습을 보여 버렸다.

그런데 웬일인지, 그는 아무렇지 않은 듯 자신에게 말을 걸어왔다. 게다가 어딘지 모르게 저를 신경 써 주는 듯한 말에, 서현은 그야말로 질식할 것 같은 기분마저 들었다.

"아아."

지한이 마치 자신이 있는 곳을 처음부터 알았던 것처럼 나타나, 제 곁에 다가와 함께 음악을 듣고 이야기를 나누었다는 사실 자체가 믿겨지지 않았다. 동아리 활동으로 보는 것을 빼놓고는 단 한 번도 지한과 단둘이 대화를 나눠 본 적이 없었다.

"뭐가 자꾸 이렇게 꼬이는 것 같지……."

서현은 지금까지 살아오며 누구에게도 느껴 보지 못했던 심장의 두근거림 때문에 정신을 차리지 못하고 그저 멍하니 걷고 있었다.

그때였다.

"채서현."

하지만 그 묘한 기분에 대한 여운이 채 가시기도 전에 자신의 이름을 부르며 득달같이 달려오는 존재들을 확인한 서현의 미간이 저절로 좁혀졌다. 동아리 친구들이었다.

"……잘도 찾아낸다."

서현이 여전히 퉁명한 말투로 그들의 부름에 답하자, 동아리 친구들이 거의 애원하다시피 서현에게 매달렸다.

"……서현아. 진짜 한번만 살려 주라. 우리 진짜 아무것도 못하고 있어. 장면 하나조차 어떻게 나누어야 할지도 감을 못 잡겠단 말이야."

"하아, 니들끼리 그냥 해결해. 어차피 나는 보조였잖아. 안 그래?"

"야아~"

"이제 더는 안 해. 효연이 말처럼 보조 따위가 갑질하는 것 같아 보이는 짓은 그만하고 싶거든."

"……어우야, 그런 거 아니야. 진짜 아니란 거 알잖아."

"그래서 그 자리에서는 한 마디도 못하고 그냥 내가 혼자 바보되어 가는 거 구경하고 있었어?"

한편 그녀가 하는 말에 하나도 틀린 것이 없어서, 동아리 친구들은 도저히 다른 변명을 할 수도 없었다. 안절부절못하는 표정이 되어서, 두 손을 모아 기도하는 심정으로 서현 앞에 서 있을 뿐이었다.

"간다. 더는 할 말 없어. 그리고 니들한테 화난 거 아니야. 그냥 나한테도 시간이 필요할 뿐이야. 니들만 그런 거 필요한 거 아니라고."

그리고 평소와의 모습과는 달리 너무나도 솔직하게 자신의 마음을 이야기하는 서현을 보며 어떻게 해야 할지 신중히 고민하는 얼굴들이었다.

"잘못했어. 진짜로 우리가 잘못했어, 응?"

단 한 번도 생각해 본 적이 없었다.

"내가 연락할게."

"서현아."

서현은 늘 바쁘게 살아가는 중에도, 친구라는 이유로 싫다는 내색 한번 하지 않고, 도움이 필요하다고 할 땐 기꺼이 시간을 내어 주었다. 그런 서현이 이렇게 단호하게 나오니 동아리 친구들은 처음 보는 그녀의 태도에 대체 어떻게 해야 할지 갈피를 잡지 못했다.

"오래 걸리지는 않을 거야. 다시 한 번 말하지만, 그냥 정말로 나만을 위한 시간이 좀 필요한 거라구."

그런 서현이 다시 한 번 자신에게도 자신만을 위한 시간이 필요하다는 말을 하자, 그 말을 들은 친구들은 절로 온몸이 굳어져 가는 것만 같았다. 그리고 뒤늦게 서현을 따라오다 이 모든 상황을 보게 된 지한은 그녀와 자신이 닮은 것 같다는 생각이 자꾸 들었다.

　무엇인가 생각 정리가 필요할 때는 시내 서점 끝에 있는 의자에 홀로 앉아 조용히 음악을 들으며 무한정 시간을 보내는 게 습관인 그녀였다. 그런 자신만의 시간에 침투해 들어온 현수의 전화가 귀찮기는 해도, 그가 딱히 나쁜 사람은 아니었기에 그의 부탁대로 약속 장소로 나온 참이었다.

　"이게 지금 무슨 일인지 설명이 필요할 것 같은데요."

　"그게. 그러니까……."

　그런데 그 장소에 현수는 물론이고, 효연과 수민을 포함한 동아리 사람들까지 함께 나와 있는 것이었다. 기분이 좋지 않았다.

　그 누구도 본인 앞에서는 입도 벙긋하지 못하고 뒤에서만 불만을 잔뜩 늘어놓기에 제가 먼저 나서서 본인에게 따끔하게 충고했던 그 일이, 서현은 지금 그 무엇보다 후회스러웠다. 자신에게까지 짜증이 치밀어 오른 서현은 제 앞에 놓인 물 잔을 탁 소리가 나도록 내려놓고는 고개를 들었다.

　"흠흠."

　"하하."

　모두 말없이 억지웃음을 지으며 눈치를 볼 뿐이었다. 서현은 깊은 한숨을 내쉬고는 말했다.

"내가 분명 말했을 텐데요. 그리고 너희한테도 말했을 텐데? 시간이 필요하다고."

동아리 활동 졸업 작품에 대한 일과 여타의 일들로 복잡해진 머릿속을 정리하고자 했지만, 도서관에서건 옥상에서건 지한의 방해를 받는 바람에 서현의 머릿속은 복잡한 그대로였다. 그 탓에 아직까지 서현의 얼굴에는 저기압성 구름이 깔린 상태였다. 심지어 이 자리에 효연까지 있는 걸 보고 나니 화가 나서 아연해질 지경이었다.

"정말 쟤 말이 맞기는 한 거예요? 말 안 해 주실 건가요, 현수 선배?"

"지금 내 이야기하는 거야, 채서현?"

그리고 더군다나 자신처럼 난감한 얼굴로 아무 말 없이 제 앞에 앉아 있는 현수를 보는 것도 불쾌해지는 그녀였다. 서현은 고개를 내저으며 말했다.

"갈게요."

서현이 떠나려 하자, 수민이 다급히 그녀의 손목을 붙잡고 사정조로 말했다.

"야, 그냥 가면 어떻게 해."

"내가 말했잖아. 때가 되면 내가 연락하겠다고. 내 스스로에게 시간을 주고 싶을 뿐이라고. 도대체 가만히 있고 싶은 사람을 왜 자꾸만 건드리는 건데? 나야 말로 묻고 싶다."

"채서현~ 야, 우리가 잘못했으니까."

"간다."

"잠깐! 그리고 효연이가 할 말 있대."

"할 말?"

서현이 정말로 나갈 기세를 보이자 수민이 효연을 언급했다. 효연이 사과하길 바라고 한 말이었는데 효연의 입에서 튀어나온 말은 수민의 바람과는 정반대였다.

"야! 채서현, 나도 너랑 이렇게 마주 보고 있는 거 기분 별로거든?"

"그러게. 도대체 왜 서로 불편한 일을 하고 있는지 나도 묻고 싶다."

이 모든 문제의 시작이자 근원인 효연의 얼굴을 마주해야 하는 이 순간이 싫은 서현이 결국 자리에서 일어났다.

"너희도 웃겨. 그리고 선배도. 왜 나한테 물어보지도 않고 이런 자리를 만들어요?"

서현의 다그침에 고개도 들지 못하는 현수를 대신해 효연이 더듬더듬 말했다.

"그, 그게 그러니까. 흠흠, 현수 선배……."

"……현수 선배, 뭐."

제 다그침에 고개를 떨어뜨린 효연의 시선을 따라가니, 현수 선배의 손을 꼭 잡고 있는 그녀의 손이 눈에 들어왔다. 서현은 자신이 참 불쌍하다는 생각마저 들었다. 동아리 졸업 작품을 위한 사과에, 미안함이 아닌 또 다른 용건이 생겼음이리라.

"너 몇 살이니?"

"그게 무슨 말이야?"

"네가 어린애도 아니고, 그렇다고 현수 선배가 어린애도 아닐 테고. 둘 다 성인이니 알아서들 해. 만나든지 말든지. 왜 내가 그런 것까지 이렇게 말해 줘야 해? 너도 알다시피 현수 선배 고백은 이미 거절했어. 이제 나랑 상관없다고. 그쪽 연애사에 날 끼워 넣지 마."

효연은 서현의 입에서 나온 현수 선배의 이름 때문에 정말로 온몸이 쑤시는 것처럼 아프고 불편했다.

"그러니까 네 말은, 우리가 사귀어도……."

"그만! 그만해! 나 정말 더 했다가는 나도 내 감정을 어떻게 못 할 것 같으니까. 이제 두 사람의 인생에서 나라는 사람은 좀 **빼** 줄래?"

화가 난 서현은 효연의 말을 중간에서 끊어 버리고 **빽** 소리를 쳤다. 이성이 자신을 좋아해 주길 바란 적이 없었다. 때문에 누군가 자신을 좋아한다 하면 늘 버거웠다. 하지만 자신을 좋아해 준 이성들 중에 가장 인간다워 보이고 후배들과 동기들을 잘 챙겨 주는 현수의 마음은 참 고마웠다.

그러나 현수를 향한 효연의 짝사랑은 이미 입학 당시부터 유명했기에, 받아들일 마음이 전혀 없었다. 복잡한 건 싫은 그녀였기 때문이다. 게다가 사랑이라는 이름이 밥을 먹여 주지도 않을

뿐더러, 자신은 형편상 아르바이트를 병행해 가며 졸업을 해야 했기에 연애에 관심 둘 여유가 없다고 하는 게 정답이었다.

서현이 돌아서 나가려 하자 수민이 다시 서현의 손목을 잡아 세웠다.

"서현아, 효연이는⋯⋯."

"효연이 말고도 마찬가지야. 다들 남 일에 나서는 것 좀 그만 했으면 좋겠어."

변명은 더 듣지 않겠다는 듯 수민의 손을 뿌리치고 뒤돌아 걷던 서현이 멈춰 서 입술을 한번 꼭 깨물더니 입을 열었다.

"다들 나빠, 알아?

"서현아."

"내가 단 한 번이라도 니들한테 뭐 요구한 적 있어? 이번이 처음이었잖아. 나한테 혼자 있을 시간을 주는 게 그렇게 아까울 만큼, 본인들 일만 걱정되고 중요했어?"

그러자 여태 묵묵히 있던 현수가 입을 열었다.

"⋯⋯그게 아니라, 효연이가 나 때문에 괜히 네가 제안한 작품 관련해서 말도 안 되는 떼쓰면서 너 괴롭혔다며. 내 탓도 있으니까 미안해서, 그래서, 애들이 너랑 얘기하게 도와 달라고 해서 도와준 거야."

"퍽도 고맙네요."

"서현아."

"아니면 감사하다고 절이라도 해야 하나? 정말 눈물 나게 감사하다고 하면 이제 그만할래요?"

"그게 아니라……."

"제발 더는 두 사람 문제로 이렇게 애먼 사람 끌어들이지 말았으면 해요."

"미안하다."

"……미안해."

처음 효연과 졸업 작품 문제로 트러블이 났을 때부터 지금의 독선적 사과까지, 모두 효연과 현수 선배 사이에 끼어서 생겨난 일들이었다. 그래서 그런 일들로 엮이는 것 자체가 싫었던 거였다. 서현은 다시금 심호흡을 한 뒤, 당장에라도 쏟아질 것 같은 눈물을 참고 이곳을 떠나려고 했다.

"오늘 무슨 재미있는 일 있어?"

하지만 그때 나타난 윤지한이 서현의 앞을 막아섰다.

지한이 서현에게 물었지만, 서현 대신 동아리 사람들이 되물었다.

"선배야 말로 오늘 누구 결혼식이라도 다녀왔나 봐요?"

"뭐, 그런 걸로 하지."

친구들은 오늘 지한이 차려입은 옷에 평소보다 더 놀라고야 말았다. 그동안 입고 다니던 고가의 옷 탓에 지한의 집안 재력이 어느 정도는 될 것이라고 생각했었지만, 오늘 차려입은 옷은 유독 특별해 보였다. 소문에는 그 유명한 S갤러리와 연관이 있다고도 하는데, 사실인지 아닌지 아는 사람은 아무도 없었다.

그러나 지한은 그들의 시선에도 오직 서현만을 바라보고 있었다. 서현은 그 눈빛을 못 견뎌 하다 말했다.

"비켜 주세요."

"싫은데."

"네?"

서현은 이 불편한 시간들을 자신이 왜 이렇게 견디고 있어야 하는지 이해가 되지 않았다. 이젠 한계였다. 더는 참지 못하겠다는 표정으로 다시 입을 떼려는 순간, 이마 위로 슥 하고 차가운 손길이 내려앉았다. 지한이었다.

"가자."

"지금 뭐하는 거예요?"

제 이마에 얹어진 서늘한 손길에 서현의 몸이 저절로 움츠러들었다. 대체 지한이 자신에게 왜 이러는지 이해가 되지 않았다.

"가자고."

하지만 그녀의 이마에 손을 얹은 그는 금세 알 수 있었다. 불덩이 같은 이마는 물론이고 빨갛게 충혈되어 버린 눈에는 열이 가득해, 그녀가 요 근래의 일 때문에 체력의 한계를 넘어선 상태라는 것을 말이다.

"치워요, 이 손."

"싫은데."

"장난해요?"

"너, 이마가 엄청 뜨겁다고."

지한은 자유로운 한 손으로 서현의 손을 잡아당기며 걸음을 재촉했다.

"내가 좋아하는 여자한테 다른 남자가 고백한 것도 짜증 나는데. 그놈을 좋아하는 여자애가 유치하게 내 여자 괴롭히는 건 더 못 보겠거든. 그래서 이만 내 여자 데리고 퇴장할까 하는데, 불만 있어?"

"헉."

"오~"

모두의 웅성거림 속에 서현이 날카롭게 지한을 불렀다.

"윤지한!"

"아파서 그렇게 선배 호칭 자르고 내 이름 부르면서 앙탈 부리는 거면, 오늘은 봐줄게."

"야! 윤지한!"

늘 강하게만 보이던 그녀의 어깨가 오늘따라 안쓰럽게 느껴졌던 지한은, 조금 전의 거짓말이 마치 진심인 것처럼 제 입에서 태연하게 흘러나온 것이 놀랍기도 했다.

"내 이름 그만 부르고 집에 가자. 응?"

지한은 자신들에게 쏟아지는 의문 어린 무수한 시선에도 아무렇지 않은 척하며, 이 혼란 속에서 그녀를 구하는 일 외의 다른 일은 생각하지 않는 사람처럼 행동하고 있었다. 하지만 그 의문에 대해서는 지한 자신도 답해 줄 수 없었다. 스스로도 본인의 행동이 의문투성이였다.

"그만 가 주세요."

"……싫은데."

5분 정도를 그의 손에 이끌려 가던 서현은 최대한 힘을 주어 잡힌 손을 빼 버렸다.

"이거 놔주세요."

"그렇게 싫어?"

"하아…… 그런 거짓말을 하면 어떻게 해요. 도대체 언제부터 채서현의 인생이 이렇게 스펙터클했냐."

그녀 스스로도 지금 이 상황이 도무지 믿기지 않았다. 모두의 신뢰를 한 몸에 받고 있는 현수의 고백에 이어, 뭇 캠퍼스 여인들의 마음을 훔쳐 가면서도 정작 본인은 이성에게 관심이 없어 보이던 지한의 남친 행세까지. 도저히 감당이 되지 않는 서현은 겨우 낮은 한숨을 내뱉어 보았다.

"……거짓말 아닌 걸로 하면 되잖아."

그런 서현을 지켜보던 지한의 입에서 저도 모르게 그런 말이 나왔다. 그 말에 놀라 지한을 마주 본 서현은 입술을 꼭 깨물곤 말했다. 그녀의 표정은 당황한 것 같기도 화가 난 것 같기도 했다.

"그만해요."

"뭘 그만해?"

"착각하게 되니까."

그녀가 속삭이듯이 말한 착각이라는 단어가 그 어떤 것보다 선명하게 들린 지한은 놀란 눈빛이 되었다.

"뭘 착각해?"

"이제부터는 그냥 내가 아파서 하는 이야기니까. 그냥 듣고 머릿속에서 지워 버려요."

"지워?"

"내 생에 처음으로 아무한테도 말해 본 적도 없고, 느껴 본 적도 없어서 그냥 가슴에 묻고 말 이야기였는데. 아픈 김에 할 거니까."

"해 봐."

그녀의 다음 말을 기다리는 그의 입술은 저절로 바짝 타는 것 같았다. 지한은 제 심정이 스스로도 신기하게 느껴졌다.

"나, 선배 좋아하는 것 같아요."

"어?"

그리고 마침내 듣게 된 서현의 말에 지한은 자신이 생각해도 조금 멍청한 목소리로 되묻고 말았다.

"그냥 듣기만 하고 잊어버리라고요."

"아, 그랬지…… 그래서?"

"그래서 어느 순간부터 내 앞에 자꾸 나타나는 선배 때문에 좀 헷갈려요."

"내가 헷갈리게 했어?"

"사실 엄청 기분 좋았어요. 내가 힘들거나 곤란할 때 나타나 주는 나만의 히어로 같아 보였거든요, 진짜 웃기죠?"

'나랑 같은 생각 하네.'

'얼마 전 동아리실에서의 일을 알고 있으니까 그냥 못 지나치 겠더라고.'

'……그렇다고 네가 총대를 멜 필요는 없었어.'

그가 제게 공감해 주고, 저를 신경 써 주는 게 고마웠다. 하지 만 그렇다고 착각해서는 안 됐다. 그는 윤지한이니까…….

"그러니까 이젠 그러지 말아요. 끝."

지한은 순식간에 자신에게 날아든 그녀의 고백에 왠지 모르게 입꼬리가 올라갔다.

"정말 고마웠어요. 그리고 이젠 나, 갈게…… 엇."

지한은 어떤 결론에 도달하기도 전에, 말을 마치고 떠나가려는 그녀를 뒤에서 붙잡았다. 순식간에 일어난 일이었다. 자신이 왜 이런 행동을 하는지도 정확히 알지 못한 채로, 지한은 그녀를 품 에 가두어 버렸다.

갑작스러운 그의 행동에 당황한 서현이 그의 품에서 벗어나기 위해 애썼지만 지한은 그녀를 놓아주지 않았다.

"이러지 말라고 했잖아요."

"……나도야, 나도 그래. 그런데 그게 무슨 감정인지는 잘 모 르겠어. 이런 나라도, 이 감정이 뭔지 헷갈려서 너를 힘들게 할지 모르는 나라도 괜찮다면, 우리 서로 남자 친구, 여자 친구 할래?"

이것도 일종의 고백이라면 고백일 수 있으나 서현은 그의 말을 믿을 수 없어서 얄궂은 장난으로 치부해 버렸다.

"자꾸 장난치지 마요."

"우리 음악 취향도 비슷했잖아."

"……그건."

"……너하고라면 왠지 평생 편안한 사이로 살아갈 수 있을 것 같아. 넌 어때?"

"그만해요, 정말."

"나 장난 아냐."

"거짓말……."

지한이 서현의 어깨를 잡고 자신을 향해 돌려세운 뒤 또렷한 눈빛으로 서현과 눈을 맞췄다.

"채서현."

지한의 눈 속에 자리한 진심을 읽은 서현은 얼굴을 붉혔다. 그러곤 부끄러움에 폭 떨궈진 고개가 이내 긍정의 표시로 작게 끄덕여졌다.

"나랑 사귀어 줄래?"

시간에 쫓겨 가며 사는 것에 지쳐 연애는 꿈도 꾸지 못했던 서현 안에 싹튼 사랑이라는 감정, 그리고 사랑을 믿지 못하는 가운데 느낀 지한의 이름 모를 감정이 맞물렸다. 서로를 곁에 두고 싶은 욕심이 이성을 앞질러 버렸던 그때의 선택이 훗날 얼마만큼의 아픔을 가져다줄지는 그 누구도 예상하지 못하고 있었다.

그 일이 있은 뒤 첫 전공 수업에서 만난 사람들의 반응은 뻔했다.

"부러운 계집애."

"하아. 진짜 왜들 이래."

"미팅 나가자고 그렇게 권유를 해도 유치하다고 눈길 한 번도 안 주던 네가 그렇게 대박 사건을 만들 줄이야! 신기해서 그러지."

지한과 서현이 사귄다는 소식은 벌써 빠르게 퍼져 있었다. 그러나 친구들은 도저히 두 사람의 연애를 믿을 수 없다는 반응이었다. 심지어 일부에서는 현수와 효연 그리고 서현의 트라이앵글 사건을 무마하려던 서현과 평소 여자들을 귀찮아하던 지한의 계약연애라는 지론까지 펼치고 있었다. 그들의 마음을 이해하지 못하는 것은 아니지만 썩 기분이 좋진 않은 서현이었다.

"어째서 못 믿겠다는 건지 이해가 안 가네."

"당연하지."

지한과 자신의 연애를 믿지 못해, 괴상한 추측까지 만들어 내는 사람들로 인해 또 다른 고민에 빠져 버린 서현은 덕분에 머리가 지끈거릴 지경이었다.

"안녕."

사람들에게 심문 아닌 심문을 당하고 있던 서현은 제 귀에 들려오는 목소리에 반가운 마음이 들어 푹 안도의 한숨을 흘려보냈다. 지한이었다.

"지, 지한아."

"선배님!"

"뭐야, 다들. 내 여자 괴롭힌 거야?"

제법 날카로운 지한의 목소리에 사람들은 손사래를 치며 내빼기 시작했다.

"흠흠. 우리가 언제?"

"저희가 그러지는 않았습니다."

"암요, 그럼요!"

"증명이라도 해 줘?"

"증명?"

"다들 못 믿는 분위기잖아. 그래서 안 그래도 힘들고 바쁜 내 여자 붙들고 괴롭히는 거잖아."

"아니, 그게……."

"……그렇다면 확실히 증명해 주지."

"증명? 선배, 무슨 짓……."

"잘 봐 둬. 나 두 번 말하는 거 싫어하는 사람이니까."

"……어, 어."

지한의 얼굴이 짓궂은 표정으로 변하더니, 아차 하는 순간에 서현의 어깨를 쭉 끌어당겨 그녀의 볼에 입술을 가까이 가져갔다.

"꺄악."

"와우~"

"우욱. 저것들 몰래 저러고 다니던 거였어? 아오."

이렇게 둘은 같은 시작점에서 출발했다. 아파하고 위기를 견디

어 내는 것도 사랑이라는 것을 모르는 윤지한이라는 남자와 사랑
하는 감정만으로 그 모든 것을 감당해야 하는 채서현이라는 여자
의 엇갈림은 상상할 수도 없었다. 그저 지금 이 순간, 그들의 시
작은 환희 빛나고 있었다.

동아리실에서는 지한과 서현의 열띤 토론이 이어지고 있었다.
열띤, 아니 냉기가 서렸다고 해야 할까. 도무지 연인 사이에서 내
뿜을 수 없는 기운이 동아리실 전체를 차지하고 있었던 것이다.
지한의 말을 듣던 서현이 재차 말을 꺼냈다.

"지식은 꼭 전문서나 논문 등에서만 얻어지는 것은 아니잖아
요. 선배야말로 너무 비약이 심한 것 같단 말이죠."

"비약?"

"선배가 말한 대로라면 만화가들한테 사과부터 하는 게 어때
요? 이번 작품 원작은 만화니까."

"……흐음. 만화?"

냉기가 뚝뚝 흘러내릴 만큼의 찬 기운이 담긴 지한의 목소리
에 잔뜩 졸아든 친구들은, 말을 꺼내기는커녕 숨조차도 제대로
쉬지 못하고 있었다. 그저 이 토론이 어서 끝나기만을 기다릴 뿐
이었다.

"혹시 세상이 재미없어요?

"여기서 그 얘기가 왜 나와?"

동아리는 물론, 학교의 공식 커플이 되었음에도 지한과 서현은 서로를 봐주는 것 없이 오히려 예전보다 더 신랄하게 토론을 하고 있었다.

"……누군가에게는 하찮은 것들이 누군가에게는 소중한 일상이 되기도 하고 꿈이 되기도 하니까요."

"……그래서 나에게 하고 싶은 말이 뭐야?"

매섭게 몰아붙이는 지한의 공격을 서현이 더욱더 당당히 받아쳐 내는 것을 바라보는 것만으로도 지켜보는 이들은 숨이 턱턱 막혀 왔다.

"아무리 작은 것이라도, 의미를 가질 수 있다는 말이에요."

"흐음."

지한을 완벽히 파악하고 있는 서현의 사심이 팍팍 들어간 반론에 제대로 얻어맞은 그의 표정이 굳는 듯했고, 잠시 말문을 잃었다.

그 어느 것에도 관심이 없었고 제 곁에 여자 사람을 둔 적도 없던 그의 앞에 나타난 그녀, 서현. 그에게 그녀는 신선하고 신기했다.

"이 자료 안에 처음부터 전제를 달았잖아요. 확률은 50% 정도이긴 하지만, 자칫 사소해 보일 수도 있는 이 디테일을 두 장면 이상 컷에 담아 보는 것도 괜찮겠다고."

"그래서, 그 50%의 확률에 도전을 하자?"

두려움에 떨며 두 사람의 설전을 바라보고 있던 사람들은 금세 현실로 돌아와, 졸업을 앞두고 만들 작품에 대한 이야기로 흐름이 돌아왔음을 알아차렸다.

그러곤 뒤늦게 이를 깨달은 동아리 사람들은, 눈치를 살피며 서로의 얼굴을 바라보게 되었다.

"아하하하하."

그들이 눈치를 챈 것 같자, 지한과 서현도 마주 웃어 주었다.

"그만 가자, 채서현."

열띤 토론이 마무리 되자 지한이 서현에게 자리를 옮길 것을 제안했다. 그러자 서현이 멀뚱히 서 있는 동아리 사람들을 바라보며 말했다.

"더 얘기해야 하지 않을까요?"

"아냐, 이제 저들의 몫이지."

"하긴, 다들 생각할 시간이 필요하겠죠?"

"뭐, 우리도 이제 슬슬 가 볼까."

달각 하는 소리와 함께 문밖으로 사라져 버린 지한과 서현의 잔상을 지워 버리지 못한 사람들은 잠시 멍하니 있다가, 정신을 차리곤 시간을 확인했다. 둘의 팽팽한 의견대립이 한창 진행될 때는 긴장감에 손에 들린 분석 자료를 보며 그들의 이야기에 집중하기 바빴는데, 의외로 회의가 끝나고 보니 예정된 회의 시간보다 회의는 빨리 끝나 있었다.

"으~"

"회의 살벌했지."

한 마디씩 앓는 소리를 토해 내고는 깊게 들이마신 숨을 채 내

보낼 틈도 없이, 각자 조금 전의 토론을 머릿속에 떠올리기 시작했다. 다들 머리를 꽁꽁 싸매며 저마다의 생각을 정리해 나갔다.

그들 중 가장 재빠르게 생각을 정리한 수민은, 자신들을 실컷 긴장시켰다가 단둘이 유유히 사라져 버린 지한과 서현에 생각이 미쳤다. 그러다 무언가 깨달았는지 수민은 아차 하는 표정을 했다. 그들의 숨은 수를 깨닫자 피식피식 나오는 웃음을 참기가 어려워지기 시작했다. 참으로 앙큼한 커플이었다.

"……흐, 크큭."

"뭐야. 너 갑자기 왜 웃는 건데."

"크크."

"아, 뭐야. 너 뭐 눈치챈 거야?"

"……오늘도 우리가 당했네. 뭐해, 빨랑빨랑 일어나들. 너희는 배 안 고파? 밥이나 먹으러 가자."

"엥?"

"당하다니?"

"혼자 실컷 알 수 없는 이야기만 하다가, 웬 밥 타령?"

겉옷을 챙기며 일어나는 수민을 따라, 동아리 사람들도 제각기 일어나 가방을 메거나 겉옷을 입으면서 한 마디씩 했다. 그러면서도 수민이 왜 이렇게 키득거리는지 알 수 없다는 표정이었다.

"아직도 모르겠어?"

"혼자만 아는 그 표정 되게 재수 없거든."

"이래서 안 된다니까. 지금 복학한 지한 선배 포함해서 우리 동아리 4학년 선배들이 다 똑같이 시간 없고 똑같이 스트레스받아. 우리도 작품 만드느라 정신없고."

어느새 동아리실 문손잡이를 잡아당기며 고개를 살짝 저어 보인 수민은, 짧은 숨을 내뱉으며 친구들을 향해 몸을 돌리고는 조금은 힘주어 목소리를 내었다.

"생각해 봐. 우리 동아리 인원이 열두 사람이야."

"그래서?"

"우리가 한 사람씩 5분씩만 이야기해도 시간이 너무 길게 가니까, 아예 빨리 끝내려고 아까처럼 폭풍같이 토론해 버리고 사라진 거라고. 즉, 저 두 사람 잔꾀에 우리가 당한 거야."

수민의 말이 끝난 뒤, 동아리실에는 묘한 정적이 흘렀다.

"……아."

"이런."

"나 원 참."

"와."

"진짜."

이어서 저마다의 입에서 깨달음의 탄식이 터져 나오기 시작했다. 그들의 독특한 연애 방식에 딴지를 걸 생각은 없었던 그들도, 이번에는 너무나 허무한 표정을 감출 길이 없었다.

"아, 진짜. 정말."

"대~단하다."

"엄청난 커플이라니깐."

너무나도 논리 정연하게 토론하던 두 사람을 말로는 이길 수도 없거니와, 저의를 알 수 없는 표정과 상대하기 어려운 묘한 웃음까지도 꽤나 닮아 있는 커플이었으므로 어떻게 해도 도저히 이길 수 없을 것 같았다. 탓에, 동아리 사람들은 이렇게 당하는 것이 어느새 일상이 되어 버린 자신들의 모습이 처량하다 생각되기까지 했다. 하지만 이내 포기한 듯, 수민의 뒤를 따라 동아리실을 나서며 결국은 모두 박장대소해 버렸다.

"캬~"

"좋냐?"

컵라면 사발에 코를 박고 국물을 들이켠 서현에게 지한이 마치 비꼬듯이 좋으냐고 물었지만, 서현은 해맑게 대답했다.

"네!"

"별게 다 좋다."

서현의 해맑은 대답에 지한은 피식 웃어 버리고야 말았다.

"다들 어쩌고 있으려나?"

"……걔들 신경 쓰지 말고 드시던 라면이나 마저 드셔."

"네~"

평소에도 따로 자주 만나지는 않았지만, 지한이 졸업을 코앞에 두고 있었기에, 학교 수업시간에 보는 것 외에 지한과 자신 둘만의 시간을 갖는 것은 무척 오랜만이었다. 서현은 그것이 참 소중하고 좋다는 표정을 그대로 다 드러내고 있었다.

"별게 다 좋은 게 아니라, 선배랑 함께여서 좋은 걸 수도 있죠."

"뭐?"

그래서였을까, 그녀는 짧은 그 순간이었지만 작은 목소리로 진심을 말했다.

"선배여서, 그래서 좋은 거일 수도 있다고요."

"……다 먹었으면 간다."

갑작스러운 서현의 진심 어린 말이 낯간지러웠던 것인지 지한이 짐짓 자리를 뜨려고 하자 아직 라면 한 젓가락을 집고 있던 서현이 급하게 그를 불러 세웠다.

"잠깐! 아직 남았어요."

"으이구."

"아!"

딱, 소리가 나게 자신의 이마를 치고 간 지한의 손가락에 심술이 붙어 있지 않음을 감지한 서현은 부러 앓는 소리를 내어 보았다.

"뭐야, 아팠어?"

"네."

"그럴 리가 없는데."

지한이 예리한 눈빛으로 서현을 바라보며 말하자 서현은 그 말을 못 들은 척 딴 데로 말을 돌렸다.

"……그럴 리가 있어요. 후아, 다 먹었다."

"흐음. 그럼 뭐, 그런 걸로."

"일어날까요? 역시나 한강에서 먹는 라면은 최고라니까!"

"나 참……."

국물까지 다 마셔서 흡족해진 서현이 만족스러운 얼굴로 일어나자, 같이 몸을 일으키던 지한이 피식 소리를 흘리며 미소 지었다. 뜬금없는 그의 웃음소리에 서현이 그를 돌아보며 물었다.

"……웃은 거예요?"

"어."

"왜요?"

지한의 대답은 간단했다.

"네가 웃겨서."

심드렁한 목소리로 자신 때문에 웃고 있다는 대답을 한 지한이 왠지 어이가 없었던 서현은 그를 향해 날카로운 눈빛을 쏘아대기 시작했다.

"뭐가 웃겨요?"

"……이렇게 너의 다양한 표정 변화를 보고 안 웃는 게 더 힘들지."

"와, 진짜. 지금 그걸 말이라고 하시는 거죠?"

"어……."

"야!"

"왜. 이게 또 선배한테 야야거리네."

놀림을 받은 것이 너무 속상해 죽겠는데, 정작 당사자는 오히려 네가 이상한 사람이라고 말하는 것처럼 너무나도 여유로운 태

67

도로 대응하고 있다는 것에 더 화가 났다. 서현이 입술을 삐죽거리기 시작했다.

"씽~"

"……10, 9, 8, 7……."

"하지 마요."

"……6, 5, 4, 3, 2……."

"진짜, 하지 말라고요……."

결국 서현의 눈에서 눈물이 왈칵 쏟아져 버렸다. 그걸 이젠 너무나도 당연하게 알아채는 지한의 손에는 이미 손수건이 들려져 있었다. 오늘도 여지없이 더 좋아하는 사람이 약자라를 것을 깨닫게 된 서현이었지만, 그렇게 그에게 길들여져 버린 것이 나쁘지 않다고 생각했다.

"아 진짜, 하지 말라니까. 힝."

"이렇게 웃긴데 안 웃는 게 이상한 거라니까."

"알았어, 알았다고요. 쳇, 내가 무슨 선배네 강아지도 아니고."

그런 서현을 바라보는 지한은 무슨 이유인지는 몰라도 자꾸만 자신을 웃게 만드는 그녀의 표정과 행동을 계속 보고 싶다고 생각했다.

"……강아지라기보다는 재미있는 인형에 한 표."

"아, 정말 그만."

"오케이, 오케이."

어째서인지는 모르겠지만, 그녀와 함께 있는 이 시간만큼은 가슴 깊이 숨겨진 그 고통스러웠던 시간이 생각나지 않았다. 그녀와 있을 때는 살면서 이렇게 웃어 본 적이 있을까 싶을 정도로 웃게 되었다. 전에 겪어 보지 못한 놀라운 경험에 지한은 그녀의 모습이 그렇게 제 가슴에 스며들고 있다는 사실도 모른 채, 그저 이 모습 그대로 평생을 살아가는 것도 꽤 괜찮을 것 같다는 생각을 하고 있었다.

"어, 비다."

"어머, 비 와요~"

"우산 없는데, 뛰어."

지한은 겉옷을 벗어서 서현의 머리에 씌워 준 뒤, 차양이 있는 곳으로 함께 달려 급하게 몸을 피했다. 그 상황이 꼭 영화 속 한 장면 같아 서현은 지한 몰래 슬쩍 미소를 짓기도 했다.

부슬부슬, 다시 추적추적 땅에 내려앉는 빗방울의 소리가 짙어질수록 사람들의 웅성거림이 잦아졌다. 금방 그칠 비는 아닌 모양이었다. 차양 아래서 지한과 서현은 빗소리에 말없이 귀를 기울였다.

"……봄비, 오네요."

"그러게. 비 온다."

"좋다."

예상했던 반응을 보이는 서현을 다시 놀려 주고 싶은 욕구가 마구 생겨 버린 지한이 서현에게 고개를 돌렸다.

평소와 다를 바 없이 환한 미소가 드리워져 있는 그녀의 옆얼굴을 보는 것이, 어쩐지 매우 평온하게 느껴졌다. 누군가에게 이런 말을 한다면 어떻게 생각할까 하는 의문도 잠시, 한동안 시선을 서현에게 고정시킬 수밖에 없었다.

"……예쁘다."

평소 같았으면 벌써 그녀를 놀려 먹는 재미에 푹 빠져 있을 그였지만, 왠지 이 순간만큼은 그녀만의 시간을 방해하지 말아야겠다는 생각이 들었다. 서현이 하는 것처럼 오른손을 들어 떨어지는 빗방울을 만지며 조용히 인사를 건네어 본다.

"안녕."

"……안녕."

꽝꽝 얼어 있던 지한의 마음이 본인도 모르는 새에 이 빗방울처럼 방울방울, 소리 없이 천천히 녹아내리고 있었다. 그렇게 얼마나 시간이 흘렀을까 빗소리가 점차 잦아들기 시작했다.

"이제 그만 가자."

"네."

아무도 없는 빈 방에서 혼자 눈물에 후줄근히 젖어 들고, 한숨에 바싹 말라 가던 그 기나긴 밤에서 깨어나고 싶어 하던 때, 서현을 만나게 됐다. 제 하늘이 개고 있다는 사실을 알지도 못한 채, 두 사람의 시간은 서서히 흐르고 있다.

2장.

인어공주가 되어

Re
R w ite
r

"윤지한이다."

"……공주님 모시러 왔나 보네."

"부럽다~"

"부럽긴 뭐가 부러워, 쟤들은 학교에서 보고 바로 집으로 가는 게 일상이라던데."

"헤에."

서현은 여자들이면 모두 부러워하는 윤지한이라는 남자 친구와 사귀고 있었다. 주위의 여자들이 모두 그와 그녀에 관한 이야기를 해 댔다.

"뭐, 그 유명한 두 사람의 연인 증명 사건 이후로는 그 흔한 스킨십 한 번 보인 적 없다던데. 사실이려나?"

"진짜?"

"진짜면 어떻게 하려고? 아서라, 상대는 윤지한이거든."

"아아~"

그들의 얼굴에는 아쉬움이 가득했다. 그러나 주변 사람들이 느끼는 아쉬움과 부러움은 자신과는 전혀 다른 세상의 일이라는 듯, 지한은 무덤덤한 표정으로 도서관으로 향할 뿐이었다.

"하아……."

가까스로 담담한 체하고 있던 지한이 이내 한숨을 내뱉었다. 그녀와 함께한다는 사실만으로 누군가의 시선이 이렇게 신경이 쓰일 것이라고는 상상조차 해 본 적이 없었기에, 조금은 불편한 기분이 들었다.

"네가 말한 시선이 이런 거였나."

'……저 수많은 시선을 보고서도 느끼는 게 없는지, 다시 한 번 생각해 보라구요. 이 헛똑똑이씨.'

이제껏 단 한 번도 신경 쓰려 하지 않았던 것들이 어느새 하나둘씩 거슬리기 시작했다. 지한은 도서관이기 때문에 되도록 조용히 걷고 있었지만, 당장에라도 서현이 있는 곳에 뛰어가 그녀를 데리고 이 장소를 벗어나고 싶다는 생각이 간절히 들었다. 그리고 둘만 있는 곳에서 둘만의 조용한 시간을 갖고 싶었다.

"젠장."

그녀에게 느끼는 그 알 수 없는 감정으로 인해 결국은 이렇게 연인이라는 이름을 얻게 됐고, 그녀와 연인으로서 시간을 보내 온 지 어느덧 반년에 가까운 시간이 흘러 버렸다. 벌써 가을이었 다. 곧 졸업을 앞둔 자신과는 달리, 한창 공부하느라 바쁜 서현은 주로 도서관에서 공부를 했다. 지한은 그녀의 그런 사정을 전부 봐주게 되는 자신이 신기했다.

"나 참, 윤지한, 너 이게 뭐냐……."

하지만 그 시간은 한 사람에게 익숙해지기에 충분했고, 지한은 이내 포기한 듯 그녀를 찾았다.

"인문학 C열……."

그러고는 서현이 문자로 알려 준 그녀의 위치를 다시 확인했다.

"……4……."

그러나 문자 내용을 조용히 읊조리던 지한은 더 이상 아무 말 도 할 수가 없었다.

오후 햇살이 비추는 창가 자리에 앉은 그녀의 하얀 목덜미와 가녀린 어깨에 지한의 시선이 멈추어 버린 것이었다. 채서현. 그 녀의 밤색 머리칼까지 평소와는 다르게 느껴지고 있었다. 거짓말 처럼 말이다.

"……채서……."

지한이 그녀에게 다가서며 홀린 듯 그녀의 이름을 불렀다.

"잠시만요~"

"……엇."

그 순간이었다.

"어?"

지나가던 사람이 자신의 등을 밀어 버리는 바람에 지한은 의
도치 않게 서현을 감싸 안듯이 가까워져 버렸다. 순간적인 기지
로 책장을 붙잡지 않았더라면 그녀를 안아 버릴 뻔했다.

지한은 이 갑작스러운 작은 사고에 얼떨떨해하고 있었다. 자신
의 앞에 안긴 듯 서 있는 서현의 향기에, 그 미묘한 그 분위기에
혼란스럽고 어질어질했다.

이내 정신을 차린 지한이 서현에게서 한 걸음 멀어졌다.

"가요."

그런 지한을 보던 서현이 말했고. 지한은 난생처음 느껴 보는
기분에서 벗어나지 못하고 있었다.

"……어, 가, 가자."

지한은 달리기를 한 것도 아닌데 가쁘게 숨을 내쉬고 있는 자
신을 도무지 이해할 수 없었다. 하지만 이내 이런 기분은 아무것
도 아니라고, 마치 주문을 걸 듯 속으로 수없이 되뇌고 또다시
되뇌었다. 평소와는 다르게 보이는 그녀도, 평소와는 다른 제 반
응도 지한에게는 너무 버거운 것이었다.

"저 사람, 되게 조심성이 없나 봐요."

혼자만의 생각에 한창 잠겨 있는 사이 서현의 목소리가 곁에
서 들려왔다. 이에 지한이 자신만의 생각에서 빠져나와 담담한
목소리로 대답했다.

"그러게. 괜히 기분 나빠질 뻔했네."

그렇게 대답한 지한은 마음속으로 다시 한 번 지금 이 기분이 빠르게 스쳐 지나가기를, 그리고 처음 느끼는 이 감정이 어서 사라지기를 바랐다.

지한에게 사랑은 없는 것이나 다름없었다. 처음 시작이 그랬듯, 그녀라면 인생의 좋은 동반자가 될 수 있다고 생각했고, 그 생각으로 그녀와 반년 가까운 시간을 보낸 것이었다. 하지만 그것이 사랑인지는 알 수 없었다. 아니, 사랑은 아닐 거라고 믿고 싶었다.

"······기분, 나빴어요?"

"뭐, 썩 유쾌하지는 않았지."

"······어쩐지 그 말, 조금은 슬퍼지려고 하네."

지한은 갑자기 자신을 바라보는 서현의 슬픈 눈빛을 애써 외면하며 걸었다.

"······어쨌든 내가 허락한 사람 이외의 누군가가 내 몸에 닿았다는 게 좋을 리가 없잖아."

"그렇지, 좋을 리가 없죠."

약한 바람에도 흔들릴 결심이었다면 서현과 연인이라는 이름으로 시작조차 못했을 것이었다. 지한은 사랑을 욕심내면 더 아파질까 봐 처음부터 가지려 하지도 않았다.

"그럼 나는 괜찮아요?"

"뭐가?"

그래서였을까, 지한은 그녀가 자신의 가슴 깊은 곳으로 파고들어 오면 올수록, 밀어내려는 듯 가시 돋친 말을 내뱉고는 했다.

"제가 선배에게 닿는 거, 그건 괜찮은 거냐고요."

"……쓸데없는 소리 한다."

"그렇지, 내가 왜 쓸데없는 걸 물어봤을까."

그 말을 들은 서현의 표정이 잠시 풀죽은 듯했지만 지한은 애써 보지 못한 척 걸음을 재촉했다.

"빨리 가자."

"네."

안으면 자신의 품에 쏙 들어올 만큼 작고 여린 사람이지만, 마음만은 오히려 저보다 더 넓은 그녀였다. 그런 그녀의 품에 안겨 슬픔을 씻어 내고 싶은 날들이 늘어날수록, 지한은 힘들었다.

다가서면 다가설수록, 멀어져야 한다는 생각이 자꾸 커지기 시작했다.

누군가와 새로운 미래를 계획하고 책임져야 하는 '사랑'이라는 단어와 전혀 어울리지 않는 자신이 그녀를 발견한 것 자체가 잘못이었을지도 모른다고 생각하는 일이 많아졌다.

지한이 서현에게 불쑥 물었다.

"오늘 따로 계획 있어?"

"왜요?"

서현이 의아하게 되묻자, 지한도 되물었다.

"서점 갈래?"

"서점?"

"진현 작가 신간 나왔어."

"진짜? 역시, 맨날 무심하게 구는 척해도 나 챙겨 주는 건 선배밖에 없다니까."

"챙기기는, 무슨."

조금 전 자신이 내뱉은 냉정한 말 따위는 진즉 잊어버린 것처럼 해맑게 웃는 서현을 보자 지한은 마음 한쪽이 욱신거렸다.

"과했어요?"

"조금. 뭐, 그래서 갈 거야, 말 거야?"

"가요!"

그녀가 진짜 기쁘다는 듯 해맑게 웃으며 지한의 팔을 잡아 왔다.

"그만 웃어요."

하루에 수십 번씩 생각을 고쳐도, 서현만 바라보면 겁도 없이 설렘이 점점 커져만 갔다. 자신을 아무리 타일러도, 자꾸 반대로만 하려 하는 미운 꼬맹이처럼 제 의지와는 상관없이 심장이 뛰어 댔다.

하지만 같이 있으면 왠지 모르게 따듯해지는 이 기분을 더 만끽하고 싶었다. 무엇보다 다른 이에게는 서현의 이 눈부신 미소를 양보하고 싶지 않은 이기적인 생각에 지배당한 나머지, 이 감정이 저를 힘들게 해도 나쁘지 않다는 생각이 들었다.

한편 서현도 그와 함께하는 시간이 많아질수록 점점 더 그가 좋아지고 있었다. 매일 마음에 멍이 들고 상처가 생겨도 그와 함께라면 괜찮을 것 같았다. 인연을 시작할 때 말했듯이 그에게 있어서 자신과의 관계는, 그때도 지금도 남녀간의 사랑은 아닐 수 있었다. 하지만 친구보다는 가까운 연인이라는 이름으로 함께하고 있으니, 서현은 그걸로도 괜찮다고 생각했다.

설렘이라는 감정조차 제대로 알지 못하는 두 사람에게 이미 사랑이 찾아와 버렸다는 사실을 서현 자신이 먼저 알게 된 것일 뿐이라고 생각했다.

"웃으라고 강요하던 사람은 어디로 가고, 왜 이제 와서 웃지 말라고 하실까?"

"그만."

"치이."

"으이그, 이 바보야."

지한이 손가락으로 서현의 이마를 탁 퉁기자, 서현이 뒤늦게 손을 들어 제 이마를 막은 뒤 지한을 잔뜩 흘겨보았다. 하지만 그러면서도 입에는 옅은 미소가 걸려 있다.

"……아!"

서현은 이렇듯, 자신을 놀려 주며 빙글거리는 표정으로 웃고 있는 그가 좋았다.

"뭐랄까, 참 생동감 있단 말이지."

그렇게 말하며 지한이 서현의 머리를 살살 쓰다듬었다.

"그 손 좀 이제 치우죠?"

툴툴거리며 화를 내고는 있지만, 서현은 그가 미소 지으며 자신의 머리칼을 만져 주는 것이 참 좋다는 사실을 부정할 수 없었다.

"싫은데?"

"뭐요?"

"아하하하."

"윤지한!"

"내 이름 부르면서 그렇게 화낼 시간 없을 텐데? 그냥 책을 사러 가는 게 아니라, 10명의 선택된 팬들만이 진현 작가를 만날 수 있는 자리에 참여하는 기회가 흔하지는 않잖아?"

"······뭐, 뭐, 뭐라고요?"

서현이 놀라서 입을 떡 벌리며 물었다.

"진현 작가, 지금 만나러 간다고."

지한의 말에 어안이 벙벙해진 서현이 다시 한 번 물었다.

"진짜요?"

그 말에 지한이 씩 웃으며 호기롭게 답해 줬다.

"진짜! 계속 그러고 있을 거면 그냥 집으로 간다?"

"가, 간다고요. 어후, 이 쿨데레~"

"그건 또 무슨 말이야?"

"평소엔 무심한데, 내가 좋아하는 걸 함께해 준다구요."

"내가 쿨데레 같은 사람이라는 뜻이야?"

"네."

"내가 그런 사람이라고?"

그래서였을까, 서현은 지한과 함께 있는 때는 마음속으로 몰래 편지를 쓰고는 했다.

"응~ 그래서 좋아요."

비록 그가 듣지 못하게 하나씩 써 내려간 자신의 마음을 홀로 읊조려 보는 것뿐이지만 말이다.

"어? 뭐라구?"

"아니에요……."

"어디 아파?"

"……안 아파요. 그러니까 내 이마에서 손 좀 치워 줘요. 흠흠."

"기침은 왜 해? 진짜 아파? 나 원 참. 말을 좀 크게 해. 가끔 그렇게 혼자 뭘 궁시렁대는 거야?"

"뭣이? 궁시렁이라구요?"

"궁시렁, 궁시렁. 딱 어울리네. 그렇지? 빨리 와라, 어서~"

지한이 자신에게 별명을 지어 주며 놀려 대는 그 목소리조차도, 앞서 걸어가며 제게 손짓하는 모습도 맘속에 담아 두게 되고 만다. 그가 자신에게 보여 주는 모든 모습을 간직해 두고 싶으니까.

"거기 서~ 윤지한."

그의 곁에 있는 것도 벌써 반년째였다. 그런 시간이 반복될수록 서현은 그에게 말 못 할 비밀이 쌓여 가는 것 같았다.

"그렇게 내 이름 부르면서 발끈할 시간 없다니까. 빨리 와. 진짜 간다."

"알았어요!"

그를 향한 마음이 날개를 달고 훨훨 날아올라, 근사한 여인이 되어 그의 곁에 있고 싶다는 꿈을 꾸게 했다. 지한이라면, 자신이

인어공주처럼 언젠가 물거품이 되어 사라져 버린다 할지라도, 그
의 곁에서 이런 꿈을 꾸는 것만으로도 행복하다고 생각했다.

"나 원 참."

"쉿."

"난 애는 딱 질색인데."

지한의 퉁명한 목소리에 아이가 놀랐는지 더 큰 소리로 울기
시작했다.

"으~앙."

"그런 말을 아무렇지도 않게 하니까 애가 더 울잖아요."

"그런 거야?"

아이의 울음소리가 커지자 상황이 너무나 난감해졌다. 서현은
한 손으로 아이의 어깨를 두드려 달래면서 눈으로는 주위를 샅샅
이 살피며 대답했다.

"당연하죠. 자, 울지 말자. 뚜욱."

"흐윽. 뚝."

"옳지, 이제 그만 울고 엄마 찾아보자."

"응."

"아이구, 착하다~"

원래 계획은 서현에게 서현이 좋아하는 작가와 만나게 해 주

고, 그녀의 웃는 얼굴을 보는 거였다. 그러나 미아 발견이라는 갑작스러운 사건으로 계획이 틀어지자 지한의 입에서는 어이없는 실소가 터져 나왔다.

"아아~ 채서현, 이제는 애 엄마까지 찾아 주게?"

"이 큰 건물에서 엄마를 잃어버린 애가 있는데 그냥 내 갈 길 간다는 게, 말이 돼요?"

"그놈의 오지랖."

"태클은 사양이거든요."

"예예~ 앞장서시죠."

하지만 그녀의 성격상 이렇게 곤란한 상황을 겪는 사람들을 그냥 지나칠 수 없을 것이었다. 아이의 손을 잡고 일어서는 서현을 따라 지한도 체념한 듯 일어섰다.

"누나, 저 아저씨, 무서워."

"뭐? 아저씨?"

"픕."

그러나 아이가 꺼낸 아저씨라는 단어에 겨우 떼어 낸 지한의 발걸음이 저절로 멈춰져 버렸다. 지한의 미간이 좁혀졌다. 이 자그마한 꼬꼬마 녀석에게 화를 내자니 자존심이 허락하지 않아 나름 표정 관리를 했다.

"아니야~ 아니야~"

그때 서현의 손이 이성을 붙잡아 주지 않았다면 꿀밤을 한 대 콩 때렸을지도 몰랐다.

"이 아저씨는 무서운 아저씨가 아니라…… 친한 사람에게만 친절한 사람이라서 그런 거야."

"……으응. 맞아, 선우도 친한 친구만 좋아해."

하지만 만나게 된 지 얼마 되지도 않은 꼬마의 손을 덥석 잡으며 무한한 애정을 발사하는 서현의 눈을 다시 보고 있자니, 저도 모르게 질투의 감정이 끓어올랐다. 저런 꼬마에게도 질투를 느끼며 점점 유치해져 가는 자신이 스스로도 어이가 없었다.

"우와~ 그래?"

마치 서현의 다정한 눈빛을 독차지한 것이 자랑스러운 듯 꼬맹이가 큰 소리로 웃고 있을 때였다.

"선우야!"

꼬맹이는 자신의 이름을 부른 목소리에 놀란 눈이 되어 다급하게 그쪽을 쳐다보았다. 30대 중반쯤 되어 보이는 여자가 아이의 이름을 부르며 허겁지겁 달려오고 있었다.

"선우야."

"……어, 엄, 엄마."

"선우야."

"어, 엄마…… 으, 으엉."

눈물바다가 된 모자 상봉을 잠시 바라보던 지한과 서현은 다행이라는 생각에 푹 한숨을 내뱉었다.

"이 녀석아, 엄마가 얼마나 걱정했는지 알아?"

"엄마, 엄마, 어, 엄마, 흐엉~"

꼬맹이는 엄마에게 안기자마자 끅끅거리는 소리로 울며 눈물을 흘리고 있었다.

"……도대체 어디에 있었던 거야."

"으, 으응, 누, 누나랑 이 형이 나 데리고 있어 줬어."

선우가 지한과 서현을 가리키자, 선우 엄마가 눈물 젖은 얼굴로 고개를 꾸벅 숙여 보였다.

"고마워요, 정말."

"……아, 아이가 중앙 로비 끝에서 울고 있길래, 그냥 잠시 같이 있어 준 것뿐이에요."

"고마워요."

"아닙니다. 당연히 해야 할 일을 한 것뿐인 걸요."

"정말, 고마워요. 정말로."

당연한 일을 했다고 생각하는 서현은 선우 엄마의 인사를 부담스러워했고, 그걸 눈치챈 지한은 '괜찮습니다.' 하고 말하곤 돌아서려 했다.

"……저 선생님, 시간이 다 되어 가는데……."

때마침 그들에게 다가온 사람이 자연스럽게 상황을 마무리해 줬다.

"아, 내 정신 좀 봐. 선우를 찾지 못했다면 오늘 이래저래 큰일이었을 텐데, 감사합니다."

"저희도 이만 가 봐야 할 것 같습니다."

"아. 그렇군요. 알겠어요. 오늘 정말 고마웠어요."

"네, 그럼. 선우 안녕."

"누나, 안녕. 형도, 고마웠습니다."

"그래."

다행히도 자신이 할 일을 대신 나서서 해 준 어떤 고마운 남자 덕분에 어렵지 않게 그 자리를 떠날 수 있게 된 지한은 걸음을 옮기며 잠시 서현의 얼굴을 바라보았다. 서현이 저를 보는 지한을 올려다보며 물었다.

"왜 그렇게 봐요?"

"신기해서."

"뭐가요?"

"네가 신기하다고."

"싱거운 소리 좀 그만하세요."

지한은 자신과 비슷한 모습을 가졌지만, 너무도 다른 생각을 가진 그녀가 참 신기했다. 특히 어려움에 처한 아이들에게는 지나칠 정도로 자신의 시간을 할애하는 모습이 그랬다.

"너는 특히 애들만 보면 네 시간이 부족해도 나서잖아."

"그게 뭐 어때서요? 내가 나중에 한 아이의 부모가 됐을 때도 누군가가 그렇게 도와주면 굉장히 좋을 것 같은데."

"부모?"

"네."

"……너, 그런 생각도 해?"

"지금은 아니지만 저도 언젠가 우리 엄마처럼 사랑하는 남자와 가정을 만들고 서로를 닮은 자녀의 부모가 되는 날이 올 거라고 생각하는데, 이상해요?"

시간이 흐르면 흐를수록 서로 다른 가치관을 마주할 때가 있었다. 그러나 이때껏 그런 것은 별로 중요한 일이 아니라고 생각했다. 제 생각을 강요치 않는 그녀가 편안하기도 했기 때문이었다.

"뭐, 그건 온전히 너의 생각이니까 딱히 반대할 생각은 없다만."

무심히 뱉은 지한의 말에 서현의 대답이 따랐다.

"……그러게요, 저만의 생각이니까."

"역시, 신기해."

"그래, 많~이 신기하게 생각하세요."

"……혹시 화났어?"

"제가 딱 하고 누르면 물건이 나오는 자판기처럼 선배가 무슨 말만 하면 화내고 삐지는 걸로 보여요?"

"응."

하지만 가끔 그녀의 얼굴 표정이 평소와 조금 다르다고 느껴질 때면, 처음에 연인이라는 이름으로 시작했던 때를 떠올리게 됐다.

"진짜, 그런 거 아니야. 뭐, 그냥 가끔, 다른 생각을 가지고 있는 네가 마치 다른 세상에 있는 것처럼 보일 때가 있어. 그게 다야."

"……저도 그래요. 처음에는 우리가 서로 비슷한 데도 많아서 같이 시간 보내면 즐거울 것 같다고 했잖아요."

서현 역시 두 사람이 처음 연인이 되었을 때를 떠올리고 있었다.

"그랬지."

"우리 둘이 즐겁고 잘 지내면 됐지. 뭐가 더 필요하겠어요."

"그렇지."

"빨리 가요. 늦겠어요~"

"그래."

지한은 혹시나 누군가가 자신 안으로 깊이 들어오게 되면 제 상처 탓에 그 역시 가슴 한 켠에 항상 눈물을 담아 두게 될 것이라고 생각했다. 하지만 그럼에도 그녀와 함께하는 시간이 길어지면 길어질수록 그녀를 제 마음 깊숙한 곳으로 들이고 싶어하는 자신의 마음이 두려워졌다.

"그나저나 아까 그 녀석, 정말 귀엽단 말이지~"

서현이 일부러 다른 얘기로 화제를 전환한 것이 느껴졌다. 지한은 서현의 가슴속의 슬픔을 읽은 것 같았다. 누구도 입 밖에 꺼내지 않는 두 사람의 끝에 대해 불안을 느끼는 것은 지한도 마찬가지였다. 하지만 그 역시 더는 그런 감정을 느끼고 싶지 않아, 그녀가 돌린 화제로 순순히 넘어갔다.

"그 느끼한 눈이 귀엽다고?"

"어우, 애한테 못 하는 소리가 없어요~"

"애라고 해서 다 귀엽다고 생각하는 네 취향이 독특한 거야."

지한은 제 곁의 서현을 바라보다 나지막이 그녀의 이름을 불렀다.

"서현아."

"네?"

"그래, 그 표정이야."

"그게 무슨 말이에요?"

"······그렇게 웃는 네 표정이 좋다."

"조, 좋다고요?"

예상치도 못한 지한의 말에 서현이 금방 얼굴을 붉히며 어쩔 줄 몰라 했다.

"응."

"아, 진짜! 사람을 들었다 놨다 한다니까."

"그게 내 주특기 아니었나?"

"선배!"

아무도 곁에 들이려 하지 않던 지한의 인생에 자꾸만 들어오려 하는 여자, 채서현. 이제는 걷잡을 수 없이 점점 커져만 가는 이 감정이 사랑일까 봐 무서워졌다.

"늦었다, 늦었어. 정말 빨리 가자."

언제라도, 어떤 때라도 제 곁에 있어 주는 사람이 그녀였기에, 그래서 점점 더 아파 왔다. 하지만 지한은 그럼에도 그녀를 곁에 두고 싶었다. 제 욕심인 줄 알면서.

"가고 있다구요!"

마치 나쁜 사람이 되기로 작정한 것처럼, 이런 제 옆에 있게 하고 싶은 마음이었다.

"빨리빨리 오시지."

"같이 가요."

지한은 서현에게 온전한 마음을 줄 수 없는 자신이 너무나 이

기적인 것을 알면서도 자꾸만 욕심이 커져만 가는 스스로가 조금
은, 싫어졌다.

"아…… 에고."

"엄마, 어디 아파?"

"그러게, 몸이 으슬으슬하고 목이 좀 따갑기도 하네."

"아버지한테 연락할까?"

기운이 없어 보이는 중년 여성이 건너편에 앉은 아들의 이야
기를 듣더니 손사래를 치며 일어났다.

"그냥 둬, 그 바쁜 사람한테 몸살 걸린 것 가지고 무슨 연락까
지 해."

"그럼 형한테 연락할까?"

그녀는 지한의 엄마 연재였다.

"졸업반이라 지한이도 바쁠 거야."

"나 참, 엄마가 끔찍하게 여기는 형 보면 괜찮아질 것 같아서
연락하자는데 그것도 불만이심?"

"말을 말아야지. 요 앞 약국에서 약 사 먹으면 되니까, 걱정
마시고 공부하셔, 아들."

"거짓말. 형 이름 나오자마자, 눈이 반짝하셨거든요, 연재 여사?"

연재는 둘째 아들 정한 때문에 잠시 어이없다는 생각을 하게

되었지만, 더는 말싸움을 하지 않으리라 다짐하며 현관문 쪽으로 걸음을 옮겼다.

"됐다. 갔다 올게."

"네네~ 그럼 같이 가 드려?"

"그래 줄 거야?"

연재는 저를 따라 벌떡 일어나 약국에 같이 가려 하는 아들의 모습에 피식 웃어 버렸다.

"머리 좀 식힐 겸, 우리 여사님 보디가드를 해 드리지요~"

"……요 녀석이, 그냥 나갈 타이밍만 보고 있었던 것 같은데 말이지."

"아하하~ 가시지요, 어머님."

"녀석도 참."

"아, 형한테는 벌써 문자 보냈어."

엄마를 웃게 할 수 있는 방법을 너무나 잘 알고 있는 아들의 빙글거리는 미소에 연재는 그저 웃어 버렸다.

지한은 그녀에게 아픈 아들이었다. 커다란 응어리를 가지고 있음에도 그걸 밖으로 표현하지 못하는 가여운 아들이었기에, 자신이 배 아파 낳은 정한보다 왠지 더 잘 해 줘야 할 것 같았다. 그 탓에 가끔은 정한에게 미안한 마음이 느껴질 때도 많았다. 하지만 정한은 그런 제 마음까지도 이해해 주려고 노력했다.

"또 금세 우울한 표정 짓는다. 그러지 마. 내 옆에서 자꾸 그런 표정 지으면, 나 어디 다리 밑에서 주워 온 아들인 것 같잖아."

연재의 기분을 풀어 주려는 정한의 애교 섞인 타박에도 정한을 바라보는 그녀의 표정은 어딘가 조금 씁쓸해 보였다.

"지금의 네 아버지도 나도 자식이 있는 상태로 만났고, 서로의 자식들이 혹시라도 불편하고 슬퍼할까 봐 결혼은 생각지 않았어. 서로의 아픔을 보듬어 주는 좋은 친구로도 좋았지. 하지만 우연히 지한이를 처음 만나게 됐을 때, 지금의 네 아버지와 결혼을 해야겠다고 생각했어. 가엾고 착한 지한이의 엄마가 되어 주고 싶었거든. 만약 그때 다른 선택을 했다면, 정한이 네가 조금은 덜 아팠을까?"

"아니, 또 왜 그런 극단적인 생각을."

하지만 그때 만났던 소년 지한의 눈빛과 표정을 잊을 수가 없었던 연재는 엄마라는 이름으로 그 아이의 곁을 지켜 주는 것이 제가 할 수 있는 최선이라 여기며 살아가고 있었다.

"나, 극단적인 거야?"

"어, 극단적이야. 엄마, 나는 말이지, 그때 형을 봤을 때 결혼을 결심했다는 엄마를 이해하려고 노력 중이야. 그리고 엄마의 결단은 틀리지 않은 것 같아. 다른 누구보다도 형이 엄마를 존중하고 말없이 따르는 거 보면, 다는 아니라고 해도 왠지 알 수는 있을 것 같거든. 아버지랑 늘 대립하던 일촉즉발의 위기가 사라진 것만 봐도 알 수 있을 것 같단 말이지."

"……그래서 늘 고맙고 미안해, 우리 정한이한테."

꽁꽁 얼어붙어 있는 지한을 품어 주다 보면 언젠가 그 마음도 녹을 것이라 믿으며 말이다. 연재가 저보다 훨씬 키가 큰 정한의 머리를 천천히 쓰다듬어 주었다.

"그런 말 그만해요. 형 질투하던 어린 정한이 다 큰 지 오래니까."

"응. 알았어. 고맙다 아들."

그래서였을까. 그런 과정들 속에 힘겨움도 좌절도 있었지만, 지한이 아버지를 미워하고 원망하는 마음을 숨겨 주고 묻어 두는 것만 해도 감사했다. 연재는 지금 이 시간이 참으로 행복하다 생각했다.

"입 좀 다물지?"

"좋은 걸 어떻게 해요."

서현은 지하철에 올라 자신의 집이 있는 역에 도착하기까지 연신 싱글벙글거리며 자신의 휴대전화에 찍힌 사진을 보고 있었다. 말은 차갑게 했지만 그런 서현을 바라보는 지한의 눈가와 입가에도 웃음이 옅게 내려앉아 있었다.

"그렇게 좋아?"

"그럼요."

조금 전 길을 잃어버린 꼬마 아이 선우가 서현이 그토록 좋아하는 만화가의 아들이라는 사실도 놀랍고, 그 인연으로 팬들과는 사진을 찍지 않는 것으로 유명한 그녀와 함께 사진을 찍게 된 것도 놀라웠다. 무엇보다, 휴대전화에 찍힌 그 사진을 계속 보물 상자 들여다보듯 보는 서현도 신기했다.

"……진짜 신기해…… 어?"

드르륵. 울려 대는 자신의 재킷 주머니 안에 휴대전화의 진동을 느끼고서는 그제야 서현에게서 시선을 거둬 휴대전화를 확인한 지한은 저절로 미간이 좁혀졌다.

"흐음."

"왜요?"

지한은 확인한 문자 탓에 한숨을 감출 수가 없었다.

"……너희 어머니 약국에 들러야겠다."

"네?"

"뭘 그렇게 놀라는 거야?"

"아, 그, 그게 그러니까. 늘 횡단보도 건너까지만 데려다줬으니까요."

급작스럽게 지한과 함께 엄마한테 가게 되다니, 서현은 놀랄 수밖에 없었다.

"그런 건가?"

"당연하죠!"

엄마에게 남자 친구를 소개하는, 꿈같은 일이 일어난다는 생각에 그녀의 심장이 쿵쾅거렸다.

"어머니가 좀 아프시대서 급하게 약 사려는 거니까, 그렇게 얼굴 빨개질 필요까지는 없어."

"……많이 아프신 거예요?"

서현은 인사가 목적이 아니라는 말에 왠지 서운하기도 했지만, 지한의 걱정스러운 표정을 보고는 이 감정을 잊기로 했다. 어찌 됐든 어머니에게 지한을 소개할 수 있게 되었으니 말이다.

딸랑.

약국 문이 열리며 문에 달아 둔 방울이 경쾌하게 울리자, 약사는 고개를 들어 문가를 보았다.

"다녀왔습니다!"

"어머."

세상에서 가장 반가운 손님을 발견한 약사가 환한 미소로 손님을 맞이했다.

"동현아, 우리 장남!"

"어머니."

소영은 자신의 앞에 서 있는 아들을 몇 번이고 안아 보며 눈시울을 적시고 있었다.

"세상에. 일정이 이렇게나 당겨진 거야?"

"엄청 노력했습니다."

유학을 가 있던 아들의 갑작스러운 귀국에, 차오르는 눈물을 숨길 수가 없는 소영이었다. 대체 이게 얼마만인지.

딸랑.

하지만 감격스러운 모자 상봉이 미처 끝나기도 전에 두 사람

사이로 또 방울소리가 들리며 손님이 찾아왔음을 알렸다. 소영이 젖은 눈을 들어 문 쪽을 바라보았다.

"어서…… 오세요. 흑흑."

"아, 그러니까……."

"아, 괜찮아요. 나쁜 일 있는 거 아니니까. 어서 들어오세요. 어머니, 여기서 이렇게 울면 어떻게 해요."

"미안, 미안. 그래도, 너무 기쁜 걸 어떻게 해……. 죄송해요. 유학 갔던 아들이 방금 막 돌아와서……."

"어머나, 축하드려요! 정한아, 엄마 좀 앉아 있을게. 네가 좀 도와줘."

"응, 앉아 있어요……. 어? 동현이 형?"

정한은 언뜻 올려다본 남자의 얼굴이 어딘가 익숙했다.

"누구…… 혹시 정한이?"

"우와, 세상에! 곧 유학 마치고 돌아올 거라는 소식은 들었는데, 오늘이었어요?"

정한과 동현이 반갑게 인사하는 걸 지켜보던 연재가 기억을 떠올리듯이 말했다.

"동현이라면……."

"예전부터 지한 형 잘 챙겨 주던 형이에요."

친구들과는 어울리지 않고 자신만의 세계에 사는 듯했던 고등학생 지한이 모두에게서 따돌림받을 뻔했을 때, 그를 구해 준 형이 바로 동현이었다. 유학을 갔다는 소식은 들었지만, 각자 사는 게 바쁘다 보니 자세한 소식은 모르고 지냈었다. 근데 약국에서 뜻밖의 재회라니, 반가웠다.

"세상에. 안녕하세요. 반가워요."

"아. 지한이, 정한이 어머님이세요?"

두 어머니가 반갑게 인사했다.

"네, 정말, 반갑네요! ……에구에구."

하지만 이내 컨디션이 안 좋아진 연재는 의자에 쓰러지듯 앉아 버렸다. 정한이 아차 하는 표정이 되어 엄마의 안색을 살피고는 말했다.

"아차차, 일단은 약 좀 부탁드릴게요. 저희 어머님이 몸살 기운이 조금 있으신데, 약간 춥기도 하고 머리도 어지러우신 것 같아요."

"그 외에 불편하신 곳은 없으세요?"

약사인 소영은 더 자세한 증상이 필요해, 환자에게 증상을 직접 물었다.

"네, 머리가 띵한 거 외에는……."

"혹시 찌릿한 느낌이 있으세요?"

어머니들끼리 약을 짓는 사이, 아들들끼리는 반가움을 나누고 있었다.

"우와 형, 진짜 반갑네."

"그러게! 오랜만이다."

오랜만에 주고받는 서로의 소식에, 함께 어울리던 그때 그 시절이 떠올라 왠지 가슴이 뭉클해졌다.

"네, 그런데 형 어머니 약국, 원래 여기 아니었지 않아요?"

"이사했지. 내가 고등학교 졸업하고 벌써 몇 년이야? 지한이는 여전하고?"

"뭐, 더 차가워졌다고 할까? ……으으. 아, 집도 이사하셨어요?"

"어, 멀리는 아니고 약국 근처로."

"죄송해요. 자주 연락드려야 하는데 편지 몇 번 보내 드리고는 연락을 자주 못 했네요."

"무슨 그런 말을……. 편지라도 몇 번 보내 준 너희 형제가 고맙다."

딸랑.

그러는 사이 약국에 또 다른 손님이 온 듯했다. 약국 안 모두의 시선이 문으로 쏠렸다.

"엄마."

"어, 이게 누구야?"

"어, 오빠다!"

"그래, 오빠다. 우리 채서현, 못 본 새 더 예뻐졌네?"

약국에 들어온 서현은 예상치 못한 오빠의 등장에 놀라고, 동현은 오랜만에 보는 여동생의 모습에 반가운 미소를 띠었다. 그리고 이내 두 사람이 서로의 손을 마주 잡고 좋아하니 약국 안 사람 중 그 누구도 앞으로 일어날 일을 예상하지 못한 채 그저 두 남매의 재회를 흐뭇하게 바라보고 있을 뿐이었다.

"오늘 연락이 없길래 친구들 먼저 만나고 올 줄 알았단 말이야!"

"그런데, 너……."

"나, 나, 뭐?"

"왜 이렇게 놀라는 거야?

동현은 뭔가 보여서는 안 될 비밀을 들켜 버린 것 같은 표정으로 안절부절못하는 서현의 모습을 이상하게 여겼다.

"그게. 그러니까……."

"왜 그렇게 서 있는 거야? 나 좀 들어가자."

"……어."

그때 약국 안으로 들어오는 인물이 자신의 얼굴을 알아보는 것을 눈치챈 동현은 왠지 상황이 재미있어질 것 같다는 생각이 들어, 비어져 나오는 웃음을 참아 냈다.

"선배?"

"너, 윤지한 맞지?"

"우와. 선배."

지한이 제법 놀란 듯한 반응을 보였다.

"그래! 오랜만이다!"

동현이 지한을 향해 한껏 웃으며 반가워했다. 고등학교 시절부터 아끼던 후배 지한이었다. 그때, 제 아들과 똑같은 이름을 들은 연재도 뒤를 돌아보았다.

"어머, 지한아."

"어머니."

"형, 아까 내가 보낸 문자 때문에 약국 들른 거야?"

"……어."

"엄마, 형이 엄마 약 사려고 온 거래. 우리 연재 여사, 벌써 감동했네."

"얘가 정말."

정한이 괜스레 연재를 놀리자 연재는 그만하라는 듯 손사래를 치면서도 입가에는 미소를 머금었다.

"저 봐, 우리 엄마 표정 못 숨겨."

"벌써 샀어?"

"약사님 아니, 동현이 형 어머님이 약 추천해 주시고 계셨어."

한편, 서현은 현재 여기서 벌어지고 있는 일들 탓에 머리가 터질 만큼 복잡해 정신이 아득해질 것만 같았다.

"킥킥."

아직도 상황을 전혀 모르고 있는 지한의 엄마 연재와는 달리, 동현은 제 동생의 고뇌를 알 것도 같았다.

"오빠, 그만 좀 웃지?"

동현이 무언가를 알아차렸다는 사실을 깨달은 서현이 입술을 삐죽이며 그만하라고 타박했다.

"내가, 뭘."

"반가운 마음이 사라지기 전에 그만해."

웃음을 참지 못하고 피식피식 웃는 오빠 동현을 향해, 서현은 잠깐이지만 날 선 눈빛을 쏘아 주었다. 그때 갑자기 정한이 불쑥 말을 건네 왔다.

"정말 대박이네. 누나를 이렇게 보게 되다니, 반갑네요."

"……날 알아요?"

서현은 의아한 듯 물었지만, 이 일대에서 동현과 서현 남매를 모르는 사람은 거의 없었다. 그 정도로 그들이 착하고 성실했기 때문이고, 특히 서현은 주변 뭇 남학생들의 첫사랑이기도 했기 때문이었다.

"그럼요~ 이 근방에 살았던 남자애들 중에 누나 모르는 애 있으면 간첩이죠! 동현이 형 동생이라서 더 유명한데 말이지."

"하하, 그래요?"

"그런데 지한이 형은 여기에 혼자 온 거야? 아니면……."

정한은 도저히 이 상황이 믿기지 않는 듯, 지한에게 확인을 하기로 한 것이었다. 심증은 가는데 물증은 없는 상황이라고나 할까.

"그게 무슨 말이야? 형이 여기를 혼자 오지, 누구랑 와?"

의자에 앉아 있던 연재가 정한의 말에 의문을 표했다.

"연재 여사…… 지금 지한이 형 옆에 딱 붙어서 서 있는 이 누나를 보면서도 느껴지는 게 없으셔?"

"뭘 느껴? 약사님 자제분들이 인물도 좋고 사이도 좋아 보이는 거?"

"하아. 역시 우리 엄마야."

당장은 자신의 엄마를 이해시키는 일을 포기했다는 듯, 정한이 다시 고개를 들어 서현을 가만히 바라보았다. 그에게는 이 상황 자체가 참으로 신기했다. 평생 애인 아니, 여자 사람 친구도 곁에 두지 않을 것 같던 목석같던 지한의 옆에, 뭇 남학생들의 첫사랑이던 서현이 있었기 때문이다.

"형님아, 나 반가워해도 되는 거야?"

정한이 지한에게 묻자, 지한이 멋쩍은 듯 말했다.

"……뭐. 알아서."

"나 원 참, 이렇게 얼굴을 보게 되네요."

"아하하……."

정한이 서현에게 빙그레 웃으며 말하자, 서현도 멋쩍은 듯 웃어 보일 수밖에 없었다.

동현은 그런 그들을 보며 이내 한 마디 했다.

"어머니들 앞에서 언제까지 그러고 있을 건데."

그러자 그때까지 잠자코 상황을 지켜보던 동현, 서현 남매의 엄마 소영이 드디어 입을 열었다.

"뭐야, 너희들. 그런 거야?"

소영도 어느 정도 눈치를 챈 것 같았다. 이제 이 자리에서 지한과 서현의 관계를 알아차리지 못한 것은 연재밖에 없는 듯했다. 그래서였을까, 확신하지 못한 어조로 물었다.

"그, 그럼 이 미묘한 기운은…… 여자 친구?"

"빙고~"

"그러고 보니 요새 매일 오던 시간보다 더 늦게 집에 오던 것도 단순히 졸업반이라 바쁜 게 아니었다는 거고."

"뭐, 그런 거 같네요. 어쩐지 이상하다 싶더니."

"하아, 이렇게 만나지 않았다면 약사님이나 저나 계속 모를 뻔했겠네요."

고개를 끄덕이며 동의하던 소영은 지한, 서현 두 사람을 똑바로 쳐다보았다.

"너희 둘."

"네."

"……네."

난감함을 감추려 애쓰는 서현과는 달리, 지한에게서는 아무런 감정도 읽을 수가 없었다.

"지금 이야기해 줄 거니, 나중에 자리 옮겨서 이야기해 줄 거니?"

"아, 그게 그러니까……."

당황해 얼굴이 붉어진 서현과 달리, 그 속내를 알 수 없이 무덤덤한 지한의 얼굴을 보던 동현은 조금 속상해졌다. 나란히 서 있는데 서현 혼자 얼굴이 빨개져 있는 걸 보니 지한이 서현에게 가진 감정보다 서현이 지한에게 가진 감정이 더 큰 것 같아서였다.

"하아. 이거야 원, 내 동생만 얼굴이 점점 빨개지는 것 같네."

"오, 오빠, 내가 언제."

동현은 여동생의 남자 친구로서는, 어딘가 결여된 듯한 지한의 성격이 마음에 들지는 않았다. 하지만 앞으로의 변화에 기대를 걸고, 일단은 그들의 관계를 아무 말 없이 지켜보기로 했다.

"지금요."

어딘가 서운함이 깃든 동현의 말을 들어서일까, 지한은 벽에 기대 있던 등을 떼며 자세를 바르게 고쳤다.

"저희, 교제하는 사이 맞습니다."

그리고 그의 입에서 이 모든 혼란스러움을 정리하는 단 한마디의 말이 나왔을 때, 서현의 눈이 커다래져 금방이라도 눈물이 터져 나올 것 같았다. 그가 먼저 이런 얘기를 할 줄은 상상하지 못했기 때문이었다.

"선배."

"……뭐, 숨기려 해도 숨겨질 것 같지 않고, 솔직히 말해도 괜찮을 것 같은데. 넌 아니야?"

"아, 아니 그런 게 아니라……."

서현은 그간 저 혼자만 그를 좋아하는 것은 아닌가 하며 속상해하던 마음과 그 시간들을 보상받은 것처럼 기뻤다. 그래서 '나만 좋아한 게 아니구나.' 하는 안도의 한숨도 남몰래 쉬어 보았다.

"그럼 된 거지, 뭐. 늦게 말씀드려서 죄송해요."

굉장히 감정적인 서현의 반응과는 대조적으로 지한은 어깨를 으쓱이며 대수로운 일이 아니라는 듯 말했다. 처음엔 이 상황에 자신이 어떻게 반응해야 할지 잠시 망설였지만 결론은 처음부터 하나였기 때문이다. 그래서 그 어떠한 변명도 없이 인정해 버린 지한은 이제는 속이 후련하다는 듯 서현의 어깨에 손을 얹으며 말했다.

"채서현."

하지만 너무나 아무렇지 않게 자신과의 관계를 인정해 버린 지한의 태도에 아직까지도 놀라 있던 서현은 그의 부름에도 아무 말도 할 수가 없었다.

"서현아."

"……네."

"나 참, 넌 또 왜 그렇게 놀란 사람처럼 그래. 여기 네 어머님 일하시는 곳이기도 하고 우리 어머니도 컨디션이 안 좋으시니까, 여기서 계속 얘기할 순 없을 것 같다. 난 우리 어머니 모시고 집에 가서 천천히 설명해 드릴게. 너도 따로 찬찬히 설명해 드려."

"아, 그러고 보니 그렇네요."

"나중에 연락하자."

"네."

서현이 지한을 바라보며 애써 웃어 보이자, 지한도 안심한 듯 미소를 지어 보였다.

"어머니. 이제 가요. 여기 이렇게 오래 있는 거 실례인 것 같아요."

지한은 이 복잡한 상황을 이제 정리하려는 듯, 어머니를 모시고 약국 밖으로 나가려 했다.

"오늘은 이만 가 볼게요. 다음에 시간 정해서 꼭 다시 뵙도록 하죠."

"예, 그래야겠네요."

하지만 그 와중에 서현의 엄마에게 인사를 건네는 연재의 모습에, 지한의 입에서 절로 짧은 한숨이 튀어나왔다.

"어머니."

"그래. 알았다, 알았어. 서현이 어머니, 그럼 정말로 가 볼게요."

"들어가세요. 몸조리 잘 하시구요."

서로 다음에 볼 것을 약속하며 연재, 지한, 정한이 약국을 나섰다.

"언제부터야?"

서현과 지한 둘 사이에 대한 정한의 질문과 그에 대한 지한의 짤막한 대답을 가만히 듣고만 있던 연재가 잠시 주저하다가 지한에게 조심스럽게 물었다.

"흐음…… 그러고 보니 이제 한 반년 정도 됐어요."

"반년이라. 정말 대박이네."

집으로 향하는 길에 저에게 쏟아져 오는 질문에 지한은 입술이 바짝 말라 가는 것 같았다.

"너, 자꾸 대박이라는 말 할래?"

"진짜 놀라워서 그러지. 형 성격에 여자 친구를 사귄다는 게 있을 수 있는 일이 아니었잖아."

"……뭐, 살다 보면 놀랄 만한 일도 있는 거지."

"신기하단 말이지. 서현 누나도 이 동네에서 워낙 유명하니까."

"유명해?"

"하긴, 형이 또 그걸 알면 더 놀라운 거지."

"서현 누나는 옛날부터 꽤 유명했어. 공부도 잘하고 예뻐서 대시하는 남자들도 은근 많았거든. 더군다나 동현이 형 동생인데,

몰랐다는 게 말이 되나?"

"형 동생이 서현이일 줄은 몰랐어. 가까이 사니까 좀 편하기는 했는데, 동네 유명인사인 줄도 몰랐고. 뭐, 생각해 보니 분위기가 형이랑 비슷한 것도 같다만."

정한의 물음에 지한은 어깨를 으쓱하며 대답했다.

"그렇게 인기가 많았는데도 본인이 그런 거에 관심이 없어서 다들 포기하고 말았는데, 세상에. 그 누나 옆에 형이 있다니 걱정이긴 하다."

"뭐?"

지한은 제 동생 정한이 자신이 모르는 서현에 대해 말하고 있는 것이 불편해지기 시작했다.

"그렇게 버럭 좀 하지 마. 이래서 내가 걱정이라는 거야."

"뭐가 걱정이야?"

"그렇잖아. 그 누나 아버지 일찍 돌아가시고, 행여라도 엄마 힘들까 봐 알아서 아르바이트하며 용돈 벌어 쓰고 전교 상위권을 놓친 적이 없는 성실녀라고. 동현 형도 마찬가지였던 건 형도 알 거고."

"그래서 그 녀석이 맨날 사랑 같은 거 할 시간이 없다고 했었나……."

"그랬던 누나가 처음 사귄 남친이 형이라니, 이것만큼 대박인 사건이 없다고 봅니다. 형님."

잠자코 아들들의 얘기를 듣고 있던 연재가 말했다.

"아들."

"네."

"지한이 너 말고. 정한."

"네, 여사님."

"그 아이, 착한 걸로도 유명하지?"

"음, 네 그랬어요. 약자들의 히어로 같은 사람이었죠."

"아~"

"……그래서 오지랖이 넓은 거였군."

정한은 그녀의 착한 성정을 오지랖이라 칭하는 자신의 형 지한 탓에, 동생인 자신이 다 서현에게 미안해지고 있었다.

"그걸 오지랖이라고 함축하는 거야? 진짜 걱정스럽다."

"아닌 거야?"

"앞날이 깜깜하군."

과연 이런 형을 서현이 도대체 어떻게 만나고 있는지 참으로 대단하다는 생각까지 하게 되었다.

정한은 그녀의 첫사랑이 자신의 형이라서 굉장히 감사했지만, 한편으로는 걱정스러운 마음이 들어 조금은 답답했다. 자신의 형처럼 사랑이라는 감정이 말라 있는 사람의 곁에서 얼마나 버텨 낼 수 있을지 예상할 수 없었다.

연재도 걱정스러운지 질문을 더 해 왔다.

"아버지가 일찍 돌아가셨어?"

"그렇다고 하더라구요. 동현이 형이 고등학생 되고 나서였다니까, 꽤 오래전이었을 거예요. 아마 빚에 쫓기다가 그렇게 되신 걸로 알아요. 그래서 어머니 약국도 잠시 닫을 정도였고, 형이 잠시 방황해서 조금 말썽을 부리는 바람에 누나가 엄청 고생했었죠."

"동현 형이 그랬어?"

"응. 몰랐어?

"응……."

"역시 남의 일에는 관심이 없다니까."

지한도 자신의 여자 친구에 대해 아는 것이 별로 없다는 사실에 기분이 썩 좋지 않았다. 연재도 서현을 안타까워하며 말했다.

"그랬구나. 그래도 굉장히 밝아 보이던데……."

"주변 사람들도 그 누나 되게 좋아해요."

"기분이 참 좋구나. 그런 아이가 지한이 여자 친구라고 하니까 뭔가 좋다."

둘의 대화를 듣던 지한은 혹시나 하며 물었다.

"……그런 서현이의 남자 친구가 나라서 걱정되는 거야?"

"응."

단 1초의 망설임도 없이 자신이 그녀의 남자 친구라서 걱정이 된다고 인정하는 어머니와 동생이라니……. 지한은 뭔가 잘못돼도 단단히 잘못된 게 틀림이 없다는 생각이 들었다. 그래도 가족인 자신을 조금 더 걱정해야 하는 거 아닌가 하는 생각도 아주 잠시 들었다.

"좋아해?"

"뭘."

"나 원 참, 지금까지 우리가 내내 얘기한 형의 여자 친구 말이야. 서현 누나!"

"......어?"

지한은 정한의 질문에 선뜻 대답을 하지 못하고, 그 뜻이 무슨 뜻이냐는 듯 되물은 자신에게 놀랐다.

"서현 누나 좋아해?"

"......잘 모르겠어."

애매한 지한의 대답에 정한은 역시나 하는 생각이 들어, 더는 어떠한 이야기도 꺼낼 수가 없어졌다. 지한의 대답을 들은 연재도 눈을 질끈 감아 버렸다.

"그게 뭐야? 잘 모르겠다니?"

"어, 그냥 서로 생각이 비슷한 거 같아서....... 그게 다야."

그 말을 들은 정한이 대뜸 쏘아붙였다.

"형, 되게 이기적이다."

'이기적'이라는 말이 귀에 거슬려 지한이 금방 되물었다.

"뭐?"

"이기적이야. 봐, 지금 우리 연재 여사도 아무 말 못 하잖아."

"그냥 같이 있으면 편해. 그래서 만나는 거야."

"누나도 형의 그런 이야기에 동의했어?"

"동의한 게 아니면 곁에 있어 줄 이유가 있을까?"

제 아들이 하는 말을 들은 연재는 어쩌면 서현이 지한의 이런 생각에 이미 길들여졌을지도 모른다는 생각이 들었다. 연재는 걱정스러운 말투로 지한에게 말했다.

"그래. 너희도 어린 나이가 아니니까, 둘의 생각이 그렇다면 그런 거겠지. 하지만 지한아."

"네."

"상대의 마음도 배려해 주렴."

"……노력 중이에요."

나긋나긋 타이르는 듯한 연재의 말에 지한도 정한에게 보이던 감정을 지우고 차분하게 대답했다. 하지만 그런 지한을 바라보는 연재의 눈에는 안타까움이 서려 있었다.

그녀가 생각하는 사랑은 배우자 혹은 연인의 모습을 보다가 문득, 이 사람을 평생 지켜 주고 싶단 느낌이 생기는 것이었다. 그리고 가진 것이 없어도 그 한 사람의 따듯한 언어와 행동으로 제 안이 가득 채워지는 충족감이 바로 사랑이라고 생각했다.

그런데 그저 '편함'이라는 감정 때문에 연인이 되었다니, 어쩐지 불안했던 것이다. 하지만 더는 지한을 몰아붙일 수 없어서 이렇게 당부했다.

"그래, 우선은 그런 마음이면 된 거야. 그러니까 너 서현이라는 아이, 아프게 하지 말고 예쁘게 만나."

"네."

"그 아이한테서 나는 빛이 참 예쁘더라."

"빛, 이오?"

"응, 참 따듯해 보였어."

연재는 아픈 기억에서 헤어나지 못해 아직도 고통받고 있는 제 아들 지한의 곁에서 서현이 내내 밝은 빛을 비쳐 주었으면 했다. 결국 서현에게는 그 과정이 고통으로 다가갈 수 있을 텐데도, 역시 팔은 안으로 굽는지 연재는 지한을 우선시할 수밖에 없었다.

"이제 곧이네. 이번에 그분의 기일에는 꼭 같이 가자, 지한아."

"······생각해 볼게요."

연재는 조금 전 지한과 서현이 함께 있던 모습을 떠올려 보았다. 잘 웃지 못하던 아들이 가끔 미소를 보이며 그 아이를 바라볼 수 있다는 사실이 놀라왔다.

"고맙다. 이번에는 그래도 생각해 보겠다고 말을 다 해 주니."

연재는 이제 아무것도 바랄 것이 없었다. 그래서 그때는 이제 더는 걱정할 일이 없을 거라고 생각했다. 제 아들이 이제 행복해질 일만 남았다고······ 허황된 기대를 갖고 있었다. 수많은 날을 힘들게 버텨 왔던 지한의 곁에 따스한 빛을 가지고 있는 아이가 있다는 사실에 그저 감사할 뿐이었다.

"자, 마셔."

음료수 뚜껑이 열리며 난 경쾌한 소리에 제 안의 답답함이 조금은 가신 듯, 서현의 얼굴에 잠시 옅은 미소가 스쳐 지나갔다.

"고마워."

"……무슨 일이야. 싸웠어?"

"차라리 싸운 거면 화해라도 하겠지."

"그러고 보니 요즘 네 짝꿍 안 보이던데, 어디 갔어?"

"……수민아."

"응."

"사라졌어."

수민이 제가 들은 말을 믿지 못하겠다는 듯이 놀라 되물었다. '사라지다' 라는 단어의 정의를 사전에서 다시 한 번 찾아보고 싶을 지경이었다.

"뭐?"

"갑자기 사라졌다고. 벌써 일주일째야."

하지만 서현의 입에서 나온 말은 아까와 똑같았다. 절대로 잘못 들은 게 아니었다. 갑자기 사라졌다니…….

"……요새 졸업학번 선배들 학교 잘 안 나와서 지한 선배도 취업활동 때문에 바쁜 줄 알았더니, 아니었던 거야?"

"응."

말도 없이 갑자기 사라진 지한 때문에 서현의 얼굴에는 깊게 그늘이 져 있었다. 불과 며칠 전 서로의 가족 앞에서 남녀간의 교제를 선포한 그에게 고마움을 느꼈던 일이 무색하게, 그가 갑자기 사라져 버린 것이다.

수민은 다른 무엇보다 서현이 홀로 이 상황을 견뎌 내고 있다는 것에 가슴이 아팠다. 그래서 상황을 이렇게 만든 지한이 밉기까지 했다.

"처음부터 마음에 안 들었어. 도대체 어디를 간 거야? 나한테 걸리기만 해 봐, 가만 안 둬."

서현이 선택한 남자라 예쁘게 봐 주려고 했으나, 결국은 우려했던 대로 서현을 울리고 마는 나쁜 놈이었다.

"나타나기라도 했으면 좋겠다. 무슨 일인지 알 수만 있었으면 좋겠어."

"너, 바보냐, 채서현."

"그러게, 나 바보인가 봐."

"아오, 정말."

그녀 자체만으로도 충분히 아름다운 제 친구 서현의 눈물에 수민은 화가 났다. 수민의 그런 감정과는 다르게, 그저 지한이 아무 일 없이 돌아오기만을 바라는 서현이 답답하면서도 안쓰러웠다.

그때, 멀리서 한 남자가 다가왔다.

"누나."

"어……정한이네?"

남자는 다름 아닌 지한의 동생 정한이었다. 정한이 슬쩍 손을 들어 인사하며 서현에게 걸어왔다.

"우와, 딱 한 번 봤는데 기억하시네요."

"선배 동생이니까."

혹시 저도 모르는 새 자신이 무엇인가를 잘못한 것은 아닐까 하는 마음에 휴대전화를 손에서 떼어 내지를 못하고 있던 서현이 었다. 그런 상황에서 지한의 동생인 정한이 눈앞에 나타나니 그가 이 상황을 해결해 줄 수 있을 것만 같았다.

"……나 여기에 있는 건 어떻게 알고 왔어?"

"동현이 형한테 연락해 봤는데, 여기 있을 거라고 해서 무모하게 좀 와 봤어요."

서현은 지한의 동생 정한을 보니, 지한 생각에 눈물이 나올 것만 같았다. 그리고 그런 그녀를 바라보는 수민과 정한의 마음은 복잡하기만 했다. 정한은 얼굴이 많이 상한 것 같은 서현의 얼굴을 보며 망설이다가 겨우 입을 열었다.

"직접적인 형 소식이라기보다, 왜 갑자기 형이 사라졌는지 설명해 주고 싶어 하시는 분이 있어서요. ……저희 어머니요."

"설명?"

"같이 가 주셨으면 하는데, 시간 괜찮으세요?"

"그런 거면 시간이 없어도 만들어야지."

"고마워요."

"나 다녀올게, 수민아. 걱정 말고."

"……하아, 정말……. 알았어. 무슨 일 있으면 바로 전화해. 알았지?"

수민은 한숨을 푹 내쉬며 그렇게 말했다. 서현에게도 그녀의 걱정이 전해져 왔다.

"응."

정한이 자신에게 들려 줄 이야기가 무엇인지 알 수는 없어도, 그를 따라가야 할 것 같다는 생각만큼은 명확하게 들었다.

짧은 시간일 수도 있지만 일주일간 제대로 잠을 자지 못한 서현은 매우 피로했다. 하지만 무엇 때문에 그가 갑자기 사라졌는지에 대한 의문을 풀기 위해 겨우 몸을 일으켜 움직여 보았다.

"죄송해요."

정한을 따라 일어나 막 걸음을 떼는데, 정한이 갑작스럽게 사과를 해 왔다.

"네가 왜 죄송해……."

"엄마도 저도, 누나가 아프지를 않기를 바라고 있었는데……."

"괜찮아. 안부만 확인해도 괜찮아질 것 같아."

"누나……."

"무슨 일만 없으면 돼."

자신을 따라 웃던 지한의 나지막한 웃음소리가 들리는 것 같았다. 관심이 없는 것 같아도, 자신과는 사랑에 대한 생각이 조금은 다를지라도, 늘 저를 챙겨 주고 배려하던 그의 마음은 진심이었다. 그가 보고 싶었다. 왠지 금방이라도 그가 가만히 서 있지 말고 빨리 옆으로 오라 말하며 손짓할 것 같았다.

"이런 일로 다시 만나게 돼서 미안하네."

"괜찮습니다."

떨리는 마음을 진정시키려 손에 들린 잔을 매만지고 있던 서현은, 자신을 향해 애써 웃어 보이며 미안하다 말하는 연재를 바라보았다.

"내가 서현이 너에게 이 이야기를 하려고 결심한 이유는, 너에게 마지막 희망을 걸었기 때문이야."

"희망, 이오?"

"그래. 희망."

그렇게 서현은 연재로부터 20여 년 전으로 거슬러 올라간 과거의 이야기를 듣게 되었다. 한 소년이 오도카니 앉아 작은 창문으로 들어오는 달빛을 보며 눈물을 흘려보내던 때의 이야기를…… 그 이야기를 들은 서현의 눈에서는 주체할 수 없는 눈물이 계속해서 흘러내렸다.

연재는 그런 서현의 어깨며 등을 다정히 쓸어 주며 말했다.

"꼭 드라마에서나 나올 법한 이야기 같지만, 지금까지 한 이야기는 모두 사실이야. 그리고 그게 그 아이가 하늘에 계신 그분의 기일만 되면 사라지는 이유야."

"처음에 선배를 만났을 때, 그의 아픈 표정이 늘 신경 쓰였어요."

"그랬구나."

자신의 엄마가 교통사고로 인해 생을 마감한 것에 대한 상처에, 엄마의 장례를 치르는 동안 나타나지 않던 아버지라는 존재에 대한 원망이 덧쌓였다. 당시의 어린 지한이 느꼈을 아픔에 서현의 가슴도 너무나 아파 왔다.

소년 지한은 그 기억 속에 자신을 가둔 채 어른아이가 되어 버린 것이었다. 그 사이에 숨겨진 부모님의 사랑을 모르는 채로 말이다. 연재에게서 지한의 이야기를 전해 들은 서현은 그를 향한 자신의 마음을 더욱더 확신했다.

"네. 조금 다르긴 하지만 저도 아버지가 돌아가신 이후로는 다른 누군가가 제 곁에 있을 거라는 생각을 해 본 적이 없었어요. 그래서 지한 선배와 특별한 사이가 되었다는 사실을 알게 된 친구들의 반응도 대단할 수밖에 없었죠."

"하긴, 나도 지금 내 앞에 있는 아들 녀석 여자 친구가 신기하단다."

"그래서였나 봐요."

"뭐가."

"……거리를 두거든요."

"거리?"

서현은 지금까지 연재으로부터 전해 들은 이야기를 천천히 곱씹어 보았다. 늘 자신을 곁에 머물러 있다가도 가까워지려 하면 저를 밀어내려 하던 그였다. 그가 지금까지 왜 그렇게 행동했는지 이해가 가기 시작했다.

"가까워지려 하면 다시 멀어지려 하는 선배 때문에, 무덤덤한 척해도 가끔은 아팠거든요."

"……미안해. 우리 아들 때문에 아픈 사랑을 하게 해서."

"아니에요. 아파도 제 사랑인 걸요. 그리고 어머님 덕분에 왠지 견딜 수 있을 것 같아요."

"고맙다."

아무 말 없이 연재와 손을 맞잡고 있는 지금의 이 시간이 그간의 마음고생을 조금이나마 위로해 주는 것 같았다. 서현은 그의 곁에 언제까지나 머물러 주고 싶다 생각했던 이유를 이제는 알 것만 같았다.

"이봐, 학생."

똑똑똑. 문을 두드리는 노크 소리가 수도 없이 울려 퍼졌다.

"……학생."

똑똑똑. 다시금 문을 두들겼지만 어둠과 침묵만이 무겁게 내려앉은 방 안에서는 아무런 기척도 없었다.

"이거야 원. 아무리 손님이 원하는 대로 둔다고는 하지만 밥은 제대로 먹고 있는 건지 모르겠네."

방 안의 젊은 남자는 멀끔한 외모와는 다르게 대부분의 시간을 방 안에서 기척 없이 지내, 걱정스러운 마음이 들 수밖에 없었다.

"그냥 둬요. 본인이 필요하면 알아서 나오던 걸."

"흠, 그래? 그나저나, 당신 참 인정머리 없어."

"그 인정머리 때문에 수천 번 뒤통수 걷어찬 남편하고 이 촌구석에서 민박집이나 하는 내 인생도 팍팍하니까, 쓰잘머리 없는 소리 그만하고 빨리 밭이나 나가 봐요."

"여편네, 성질머리하고는."

"당신, 정말 이럴 거예요?"

"아, 알았어. 알았어."

문밖에서 들리는 작은 소란에 눈을 뜬 지한은 겨우 몸을 일으켜 보았다.

"으윽."

많은 것이 달라졌다고 생각했다.

'아빠 미워. 엄마…… 나도 데려가, 엄마. 흑흑.'

'아니, 윤 화백님은 아내분이신 박 화백님 장례식에도 참석하지 않으시는 거예요?'

'그러게, 사모님도 화백님도 일가친척이 없어서 결국은 지인들만 있는 장례식이라니.'

'……미워. 아빠, 미워.'

'지한아. 네 아빠가 너한테 보여 줄 게 있다고 데려오라신다. 같이 가자.'

'안 가! 아빠 안 볼 거야!'

서현과 보내는 시간이 늘어날수록 달라져 간다고 생각했던 것이 마치 착각이라는 듯, 저는 기어이 여기에 와 있었다. 달라진 게 전혀 없는 것이었다. 그 사실에 지한은 헛웃음이 나왔다.

"빌어먹을, 젠장."

매년 엄마의 기일이 되면 그녀가 생을 마감하기 전 여행했던 이 민박집에서 홀로 시간을 보내며 과거를 추억했다. 그것은 올해도 마찬가지였다.

"나, 교만했던 건가."

아직도 과거의 상처에서 헤어나지 못해, 연재의 입에서 '기일'에 대해 듣고는, 기어이 이곳으로 도망치듯 와 버린 자신이 한심했다.

"아직도 그 기억 속에 사는 내가 사랑이라는 걸 할 자격이 있을까."

지한의 양 뺨을 타고 눈물이 흘렀다.

"이런 나한테는 널 사랑할 자격도 없을 거야. 언젠가는 너를 놔주어야 하겠지."

언젠가 그녀가 이제 그만 자신을 보내 달라고 말한다면 서운해하지 말고 보내 줘야 그녀가 행복할 수 있을 것이었다.

그녀로 인해 사람들이 흔히 말하는 '사랑의 힘'을 꿈꿨다. 하지만 결국은 극복하지 못했다. 희망이 보기 좋게 무너진 것이었다. 항상 저에게 다정했던 그녀가 문제가 아니었다. 약한 제 자신이 문제였다.

"미안해. 이런 나는 사랑할 자격이 없는 놈인데. 어른아이처럼 아직도 과거에서 헤어 나오지를 못하는 바보라서."

지한은 시간이 더 흘러 돌이킬 수 없어지기 전에 그녀를 놔줘야 할지도 모른다고 생각했다.

'알은척하지 말아 달라구요. 지금 선배가 이렇게 다가와 인사를 건네면, 선배 일거수일투족을 주시하는 팬들 때문에 방해가 되니까요.'

'뭐, 딱히 신경 안 써.'

'하아……'

그녀가 못내 신경 쓰여 다가갔다가, 그녀가 자신과 비슷하다고 느꼈던 과거 어느 날의 기억도 잇달아 떠올랐다.

'실례.'

'……뭐하는 거예요?'

'뭐, 어쩌다 보니, 나도 음악 좀 듣고 싶어서.'

'이 음악 알아요?'

'……하늘 아래서 들으니 더 좋은 거 같네.'

그리고, 매번 저를 놀려 먹기를 좋아하던 제게도 항상 빛과 같이 어여쁘게 웃어 주던, 채서현.

'서현아.'

'네?'

'그래, 그 표정이야.'

'그게 무슨 말이에요?'

'……그렇게 웃는 네 표정이 좋다.'

서현을 만나게 된 것은 운명이 아니라, 그저 제 곁의 흔하고 흔한 인연 중에 하나일지도 몰랐다. 하지만 사랑이 될 거라고 기대해 그녀를 붙잡았고, 그것을 망친 건 자신이었다.

"미안해. 미안해."

지금도 자신이 돌아오기를 걱정하며 기다리고 있을 사람들을 생각하면 지한은 더 절망스러워질 뿐이었다.

"윤지한, 채서현이다."

"……윤지한은 더 멋있어진 거 같지 않아?"

"서현이가 부럽다."

"부럽긴 뭐가 부러워. 얼마 전까지 서현이 얼마나 마음고생했는지, 얼굴이 반쪽 된 거 같더만."

"헤에. 왜?"

"저 둘이 싸웠던 거 같은데? 일주일 넘게 같이 다니는 걸 못 봤으니까."

"뭐, 그렇게 싸우고 다시 만나는 게 연애잖아."

"아, 하긴~"

조금씩 사람들의 시선을 눈치채게 된 지한은 그런 일련의 소란들이 무척이나 신경 쓰였다. 그리고 자신이 사라졌던 시간 동안 결심했던 스스로와의 약속을 되새기며 걸음을 옮겼다.

"계속 그렇게 서 있을 거예요?"

서현이 아무렇게 않게 말을 걸어왔다.

"어?"

지한이 놀라 되묻자, 서현의 다그침이 이어졌다.

"빨리 골라요. 선배 졸업이 코앞이야. 우리 이렇게 책 읽을 시간도 많이 없다구요."

"어, 어……."

지한은 아무 일도 없었다는 자신을 향해 웃어 주고 있는 서현의 모습에 왠지 울컥한 마음이 들었다. 잘은 모르겠지만 가슴이 아리고 아팠다. 무엇인지 모르는 이 감정 때문에 자꾸만 그녀가 욕심나서, 그녀를 영원히 제 곁에 두고 싶었다.

그러나 그녀가 제게 너무 깊이 들어오면, 자신의 상처 때문에 그녀가 아파할 것 같았다. 서현이 아파할 걸 생각하면 자신이 더 고통스러울 것 같았다.

"아까 어머니한테 연락 왔는데요. 오늘 같이 오라세요."

서현의 뜬금없는 말에 지한이 확인차 다시 물었다.

"어머니가?"

"네."

"하아…… 나한테는 연락도 없으시더니."

지한이 푹 한숨을 내쉬자, 서현이 씩 웃으며 물었다.

"질투해요?"

"질투? 너는 지금 이게 질투로 보여?"

"그럼, 그럼. 어머님이 선배보다 날 더 예뻐하시는 것 같아서 그러는 거잖아요, 맞죠?"

"말을 말아야지. 말을."

지한이 고개를 설레설레 저었다.

"빨리 오라구요."

"알았다. 알았어."

서현은 지한의 소년 시절의 아픔을 알게 됐으므로, 그가 이렇게 다시 돌아왔다는 사실만으로도 괜찮다고 생각하고 있었다. 저를 향해 미소를 지어 보이는 지금의 지한처럼, 앞으로 제 곁에서 이렇게만 웃어 주길 바랄 뿐이었다.

"……이모님은 괜찮으세요?"

"어?"

"급하게 연락 없이 사라진 거, 미국에 계신 이모님 아프셔서 급하게 갔다 오느라 그런 거라고 어머님이 그러셨거든요."

"……어, 괜찮으셔."

"다행이네요."

서현의 말을 듣고 망설이던 지한이 조심히 물었다.

"그런데 너, 화 안 나?"

"화를 내야 해요?"

"보통 자기 남자 친구가 연락도 없이 사라지면……."

"그게 그렇게 신경 쓰여요?"

"아니, 뭐, 그렇다기보다……."

서현은 지한이 자신에게 이렇게 미안한 감정을 가져 주는 것만으로 충분하다고 생각했다.

"그럼 웃어요."

"어?"

"웃으라고요. 선배는 웃는 얼굴이 제일 잘 어울려."

"……그런 게 나한테 어울릴 리가 없잖아."

서현은 그의 곁에서 그의 아픔이 치유되기를 소망하고 기도해 주는 사람으로 살면서, 영원히 그와 함께하는 것을 하나의 꿈처럼 바라며 살기로 했다.

"처음부터 잘 어울릴 수는 없겠지만. 하지만 시간이 도와줄 수도 있는 거니까."

"시간이 어떻게 도와?"

"오랜 시간 동안 옆에 있을 제가 도울 수도 있잖아요."

"서현아."

지한 또한 그녀의 바람을 느끼고 있었다. 애써 아프게 다짐했던 것이 무색하게, 지한의 다짐은 그녀의 다정다감함 앞에서 속절없이 흔들렸다.

"어머니 기다리시겠다, 빨리 가자구요!"

"어."

하지만 그녀가 뿜어내는 빛은 자신의 다짐이 가소롭다는 듯이 저를 감싸 버린 것 같은 느낌이었다. 온 힘을 다해 몸부림쳐 봐도 또다시 자신을 안아 주는 것만 같았다.

"빨리요!"

"……하아."

상처에 갇힌 자신이 아무리 그녀를 밀어내려고 해도, 그녀로 인해 모든 것을 지워 낼 수 있을 거라는 희망이 안아 달라고 더 세차게 속삭이는 것만 같았다.

"뭐 문제 있는 거 아니죠?"

"응."

"그럼 가요."

"그래."

그녀의 빛이 자꾸만 저에게 스며들어 왔다. 자신을 환하게 어루만져 주는 그녀의 빛을 가질 만한 자격이 없는 자신이지만, 그래도 그녀의 따뜻함을 자꾸 욕심내 버리게 되었다. 그러는 동안 계절은 끝도 없이 흘러갔고, 지한과 서현의 시간도 함께 흘러갔다. 아파도 아무렇지 않은 척 그의 곁에서 그와 함께 지내다 보면, 언젠가 그가 자신을 바라봐 주는 날이 있을 거라는 하나의 희망을 가지고서 말이다.

3장

놓다 and 놓치다

Re
R w ite
r

"다녀올게요~"

"다녀와~"

"하, 춥다……."

추운 듯 두 손을 비비며 걸어오는 여자의 모습을 바라보던 남자는 손을 올려 자동차 핸들의 클랙슨을 살짝 눌렀다.

빠앙.

소리가 들리는 곳을 향해 저절로 시선을 옮긴 그녀는 이내 놀란 토끼 눈이 되어 한동안 발걸음을 떼지 못하고 그저 멍하니 서 있었다.

"뭘 그렇게 놀라?"

운전석의 창문이 슥 내려오며 익숙한 목소리가 들려왔다.

"잠에서 덜 깬 거야?"

그녀에게 이건 차라리 꿈에 가까운 일이었다. 그녀가 움직일 생각을 안 하자, 지한이 서현을 불렀다.

"채서현."

"선배……? 이 시간에 웬일이에요?"

"안 추워? 일단, 빨리 타."

"네, 네."

지한은 서현이 탑승하고 문을 닫는 소리를 신호 삼아 액셀러레이터를 밟았다.

"웬일이에요?"

"너 회사에 내려 줄 때 이야기해 줄게."

"오래 살고 볼 일이네. 선배가 아침에 나를 출근시켜 주다니."

"나도 곧 아버지 갤러리로 출근해."

"정말요? 오늘 여러 번 놀라게 해 주네요?"

서현은 그가 집앞에서 자신을 기다리고 있었다는 사실에 이미 충분히 놀랐는데, 그가 아버지의 갤러리로 출근하기로 했다는 소식에 더 놀라고야 말았다. 살얼음판 위에 서 있는 것 같았던 부자관계를 해결하기 위한 그의 노력이 보여, 서현은 그가 정말정말 사랑스럽게 느껴졌다.

"그게 그렇게 놀라……."

서현은 머쓱해하는 그의 얼굴에 입술을 가져가 쪽 하는 소리를 선사했다.

"……야!"

"네?"

"그러다 사고 난다."

"……이제는 그 사고 좀 쳐도 되는데."

"진짜 큰일 날 소리 하네."

그녀의 말에 놀라 핀잔을 주었지만, 그녀의 숨결이 닿았다는 것만으로도 순간 심장이 정지될 뻔했던 지한은 가까스로 마음을 추스르고 운전에 집중하려 노력했다.

"한 번만 더 그러면 혼난다, 나중에."

"나중에, 뭐요?"

"다 왔다. ……이거."

차를 세운 지한은 서현의 커다래진 눈을 들여다보았다.

"이게 뭔데요?"

작은 정사각형 케이스의 뚜껑이 열리자, 아침 햇살에 빛나는 자태를 뽐내며 자리하고 있는 반지가 보였다. 그걸 보고 금세 눈가가 촉촉해진 서현을 보고 있자니 지한은 왠지 미안해졌다.

"……이, 이거 어떻게?"

"뭘, 어떻게 해. 손에 끼면 되지. 이렇게."

점점 세월이 흐름에 따라, 지한은 이제 사랑이 보여도 못 본체하고 사랑인 걸 알아도 다른 이름을 붙이게 됐다. 그렇게 그녀가 전해 주는 따뜻함을 흘려버리려 했다.

"우와!"

"그렇게 좋아?"

"당연하죠."

울음을 덮으려 매일 더 큰 소리로 웃는 서현이었다. 힘든 건 누구 한 사람이 아니었다. 둘 모두가 힘들었다.

그래서 지한은 어느 날인가 그녀가 갖고 싶다고 했던 반지를 샀다. 그녀가 기대하고 다시 절망하게 될 걸 알면서도 결국 그녀에게 그것을 건네줘 버렸다.

"이 반지 때문에 한 일 년 동안은 구박받은 것 같은데, 안 좋을 리가 있나요?"

"나 참."

자신에 손가락에 껴져 있는 반지 하나로 이렇게 행복해하는 그녀인데, 진정한 사랑도 모르는 상처투성이 자신이 그녀를 잃기 싫어 발버둥치는 꼴이었다.

"전화할게."

"응. 빨리 가 봐요."

하지만 그 이상은 정말로 욕심이라는 걸 알았다. 그리고 자신 스스로는 그녀를 놓지 못할 터였으니, 이제는 그녀가 자신을 놓아줘야만 했다. 그 사실을 마주할 때가 다가왔다는 것을 알게 된 자신이 조금은 원망스러워지는 지한이었다.

"식사는요?"

[먹었어.]

"오늘도 늦게 끝나나요?"

[음. 글쎄.]

"그래, 알았어요. 있다가 갤러리 앞으로 갈게요."

[매번 피곤하게 그러지 말고 힘들면 먼저 들어가.]

"응. 내가 알아서 할게요."

[그래.]

뚜뚜뚜. 한동안 멍하니 끊어진 통화음을 듣고 있는 서현은 그대로 짧은 한숨을 내쉬었다. 아침에 그가 건넨 반지 하나에 세상을 다 가진 것 같았지만, 그는 여전히 자신을 아프게 했다.

그걸 보고 있던 수민이 혀를 쯧쯧 찼다.

"너도 참 너다. 그놈의 반지 하나에 아침에는 날아갈 듯 계속 웃고 있다가, 딱딱한 통화 목소리에 하나에 또 바로 슬픈 표정이냐?"

"그럼 내가 나지, 누구이길 바라?"

애써 웃어 보였지만 마음은 오늘도 울고 있었다. 수줍은 첫 고백을 했던 그 순간부터 사랑했다고, 이제는 그를 마주 보게 해 달라고 기도하며 말이다.

"그렇게 만날 너가 선배 얼굴 보러 가야 하는 거, 이제는 지치지 않아?"

처음부터 자신의 사랑은 그 한 사람이라는 생각에, 다른 생각은 해 본 적이 없었던 그녀였다. 하지만 손에 잡힐 듯 가까이 있어도 늘 자신을 멀리하는 그런 사람을 사랑해 버린 것에 지쳐 가고 있는 것은 사실이었다.

"그러게. 내가 아직도 이러고 있네."

"하아. 벌써 사귄 지 몇 년째니."

아무리 그의 곁을 떠나려 해 봐도 한 뼘도 멀어지지 못하고 6년 가까이 사귀어 왔다. 그 긴 시간을 매일 같은 자리에 매일 같은 무게의 감정으로 살아가고 있었다.

"알아……."

"……얼음왕자 윤지한이 선택한 사람이 너라서, 나는 늘 걱정이었어."

"그것도 알아."

"아는 사람이 지금까지 이러고 있는 거는 이유가 뭐니?"

"아파도, 그래도 나는 사랑이니까."

"어우~ 징글징글."

그 긴 시간 동안 이어져 온 이 바보 같은 사랑이, 이제는 미련이라는 무거운 짐이 되어 그녀를 짓누르고 있었다. 그 사실을 너무나도 잘 알고 있는 수민은 그저 이 상황이 속상하고 안타깝기만 했다.

"네가 뭔 인어공주라도 되니? 자신이 물거품이 되더라도 왕자님만 행복하다면 다 좋아?"

"인어공주?"

"그래. 이 멍청아!"

사랑하는 남자의 행복을 빌며 자신은 바다의 물거품이 되어 사라져 버린 공주. 그녀는 그렇게 물거품이 되어 사라지면서, 행복했을까?

슬퍼서 매일 울다가도 지한의 작은 배려나 작은 관심에 기뻐하고 있는 자신의 모습이 때로는 밉고 싫었다. 하지만 그 긴 시간 동안 가슴은 매번 대책 없이 그를 찾고야 말았다. 서현은 그런 자신을 어찌할 수가 없었다.

"지한 선배한테 힘든 내색조차도 안 하잖아."

"내가, 그래?"

"다른 건 욕심도 많고 굉장히 노력하는 사람인데, 선배랑 관련된 일에 대해서는 그래."

수민은 아파도 아프다고 표현을 하지도 못하고 있는 친구 서현의 사랑이 너무 가여워서 미칠 것 같았다.

"이제는 조금 자유로워지는 건 어때? 네가 말하는 것처럼 윤지한이라는 남자가 만들어 놓은 벽을 허물어 보는 건."

매일 슬퍼서 아무도 보지 못하게 울고 있는 서현이 안쓰러웠다. 도대체 지한의 무엇이 그녀를 이렇게 만들고 있는지, 그 속에 숨겨진 이유가 뭔지 몰라도 수민은 제 친구에게 못되게 구는 지한이 밉고 싫었다.

"나, 그럴 수 있을까."

"그동안 손만 잡고 뽀뽀 정도만 했던 기존의 스킨십을 뛰어넘어 보는 건?"

"……하아."

하지만 사랑은 가슴이 시키는 일이기에 이성으로는 어떻게도 할 수 없는 것이었다. 수민은 서현의 곁에서 그저 이렇게 응원을 해 줄 수밖에 없는 것이 마음 아팠다.

"나도 남자 친구한테 그 이상을 바란다고 먼저 표현해 본 적도 있었어."

"진짜?"

"때로는 남녀를 떠나서 먼저 표현해 보는 것도 나쁘지 않다고."

"어렵네."

수민은 지금 자신이 하는 충고가 효과를 발휘할 거라곤 기대하지 않았다. 다만 이 두 사람에게 새로운 자극이 발생한다면, 그렇다면 조금은 달라지지 않을까 하는 기대를 걸어 보았다.

"흠흠. 이런 이야기까지 하지 않으려 했는데, 가끔은 그런 나 때문에 미칠 것 같다나 뭐라나."

"남자 친구가 그래?"

"쉿, 너한테 이런 이야기한 거 알면 아마 잡아먹으려고 할 거야."

"음흉해~"

"어허!"

수민은 달라졌으면 하는 마음에서 제의한 것이었지만, 혹시 잘못되지는 않을까 하는 걱정도 생기기 시작했다.

"……뭐라고 말을 해야 하는 거지?"

"네가 그동안 지한 선배한테 하고 싶었는데 못 했던 말, 혹시 있었어?"

"영화나 드라마에서 보는 흔한 말들."

"그런 것까지는 아니더라도, 그 흔한 투정이라도 해 본 적은 있고?"

"아니."

수민은 조곤조곤 서현의 상담에 응했다. 서현이 지한 선배와 서로의 마음을 바라보는 사랑…… 그리고 함께 웃을 수 있는 사랑을 이루기를 바라고 또 바라는 마음으로.

"오지 않아도 된다니까."

"그래도 이렇게 안 오면 얼굴 못 보니까."

늘 그렇듯 늦은 시각에 퇴근하는 지한을 보기 위해 서현은 그의 사무실 앞으로 찾아왔다.

"택시."

짧디짧은 만남 뒤에 지한은 바로 그녀를 돌려보내려 하였다.

"선배. 저기."

"왜?"

"……오늘 말이에요."

"어."

그녀는 좀 전부터 고민하고 있던 말을 할까 말까 망설이고 있었다. 겨우 마음을 먹은 서현이 지한을 똑바로 올려다보며 말했다.

"나, 집에 들어가고 싶지 않아."

지금 제 귓가에 들려온 말을 잘못 이해한 것은 아닌가 하는 표정이 되어 버린 지한은 선뜻 대답을 하지 못했다.

"……그게 무슨……."

"우리가 애인이라고 불린 지도 거의 6년이나 되었잖아요. 이제는 내 모두를 보여 주고 싶어요. 다른 연인들처럼."

서현은 사랑을 믿지 못하는 그를 향한 기다림에 대한 마지막 희망을 버리고 싶지 않았기에, 결국은 목 끝까지 차올라도 몇 번을 망설였던 고백을 하고야 만 것이다.

그녀의 의중은 확실했다. 지한은 약간 굳은 얼굴이 되어 서현의 이름을 불렀다.

"서현아."

"저 있잖아요, 저는 말이에요……."

"들어가."

그런 지한의 반응을 애써 지워내듯, 서현은 숨을 크게 들이켠 후 그의 시선을 피하지 않고 다시 바라봤다.

"……어째서?"

"처음부터 말했잖아. 난 사랑을 믿지 않아."

"하지만……."

"그래, 너라면 괜찮을 것 같다고 했지. 하지만 그 의미가 남자여자로서 끝까지 함께 가자는 건 아니었어."

그의 이야기가 너무 아파서 더는 들을 수가 없을 것 같았다.

"……시간이 많이 흘렀다구요. 오늘 받은 반지가 제겐 정말 특별한 의미였어요."

"난 그런 의미라기보다……."

"제가 역시나 너무 앞서간 거일 수도 있지만, 그래도……."

"난 누군가를 책임질 만한 사람이 못돼. 처음부터 얘기했잖아. 알고 시작해서 여기까지 함께 온 거 아니었어? 설마 너, 나랑 결혼이라도 하려고 했던 건 아니지?"

그 말을 듣자마자 서현은 툭, 하고 눈물이 쏟아질 것만 같았다.

"……내가 나이 들었나 보네요. 갈게요, 연락할게요."

"……서현아."

"그렇게 걱정되는 얼굴, 이 상황이랑 어울리지도 않고, 저 진짜로 아무렇지 않아요."

질끈 깨문 입술 사이로 애써 아무렇지 않은 척 대답을 하며, 멀리서 다가오는 택시를 향해 크게 손을 흔들었다. 서현은 이내 제 앞에 멈춘 택시에 오르더니 미동도 하지 않은 채 오롯이 정면을 응시하며 사라질 준비를 했다.

"아저씨, 양재역 앞이오."

그렇게 그녀는 멀리 떠나 버렸고, 지한은 조금 전에 서현과 나눈 대화 탓에 머릿속이 조금은 복잡해져 버렸다.

"서현아, 나는…… 나는 그럴 수 없어."

그녀와 시간을 보내며 지한은 많이 변했다. 게다가 남들은 그들의 결혼을 기다리고 있을 정도로, 둘을 잘 어울리는 커플로 보고 있었다. 하지만 지한은 두려웠다.

"이러면서도 네가 떠나지 말기를 바라는 나 같은 놈을 어쩌면 좋으냐."

제 아비처럼, 자신은 누군가를 책임질 수 없는 사람이었다. 그녀를 붙잡고 싶은 마음에 그녀를 책임지겠다며 나섰다가 결국 그녀를 아프게 하게 될 미래를 바라지 않았다.

"그날이 이제 다가온 걸까?"

지금껏 단 한 번도 넘어서지 못했던 정신적, 육체적 합일. 그걸 먼저 제안한 용기 있는 그녀와 받아들일 자신감이 없던 자신. 이제 끝이 보이는 듯했다.

"비겁하게 너를 떠나보내게 될 그날."

문득 택시를 타고 떠나간 그녀의 미소 잃은 얼굴이 떠올랐다.

"곁에 두면서도 결국은 이렇게 널 아프게 하는데."

그녀가 떠나려 한다면 정말로 떠나보내 줘야겠다고 다짐했다. 자신은 사랑과는 어울리지 않는, 사랑을 욕심내서는 안 되는 사람이었다.

"다녀왔습니다."

"그래, 오늘 서현이 밥이라도 챙겨서 먹였어?"

"……뭐, 평소대로 들여보냈는데요."

"뭐?"

"아악."

짝 소리가 나도록 자신의 등을 휘갈기고 지나간 어머니의 매서운 손에 가격당한 지한은 어리둥절했다.

"어머니?"

"왜."

"다 큰 아들 등을 그렇게 무지막지하게 때리시면 어떻게 해요."

"뭐? 다 큰 아들? 크긴 뭘 커! 아이고 우리 서현이 불쌍해서 어쩌니. 저걸 애인이라고 둔 우리 서현이 안쓰러워서 어쩌니."

"······뭐가 안쓰럽고 불쌍하다는 말씀이세요."

지한은 도무지 이해가 가지 않는 말만 늘어놓는 어머니가 조금은 원망스럽기도 했다. 도망치듯 방으로 들어갔지만 어머니는 더 높은 목소리로 원망을 쏟아 냈다.

"하······ 진짜 기가 막힌다. 기가 막혀~ 들어가서 잠이나 자세요. 언제쯤이면 네 녀석의 생각이 자랄지 궁금하네."

"아, 정말~"

"반지 받았다고, 오늘 나랑 행복한 목소리로 통화를 한 그 예쁜 서현이한테 조금 더 특별한 시간을 만들어 줄 수는 없었니?"

지한도 그녀하고라면 가능하지 않을까 하는 꿈을 꿔 본 적도 있었다. 하지만 그럴 때마다 과거의 아버지에 대한 기억이 제 발목을 붙잡았다. 지금 제 어머니가 드러내는 분노도 이해가 가지 않았다.

털썩 소리가 나도록 침대로 자신의 몸을 떨어트린 지한은 이내 눈을 감았다. 자신에 대한 사람들의 원망은 더 이상 듣지 않겠다는 듯이 잠을 청하려 했다.

사람도, 생각도, 시간이 흐름에 따라 변하는 것이 당연한 이치임에도 불구하고 자신은 여전히 그때의 그 시간 속에 영원히 살아가는 것 같았다.

"넌 지금 또 울고 있을까."

그녀라면 달라지지 않을까 하는 생각에 꿈을 꾼 적도 있었다. 하지만 다시 생각해 보아도 누군가를 사랑하고 책임지는 일은 자신에게 어울리지 않았다. 지한은 결국 그 꿈이 헛된 상상이라는 결론을 내리고는 잠을 청했다.

"……자, 마셔."

수민은 자신의 집에 찾아온 서현에게 따뜻한 차를 내왔다.

"고맙다. 친구."

"식겠다. 어서 마셔."

수민은 자신의 곁에 앉아 떨리는 손을 감추기 위해 찻잔을 꼬옥 잡고 있는 서현을 바라보았다.

오랜 시간을 함께 보낸 연인인 지한에게서 드디어 반지를 건네받은 이 기념비적인 날, 그녀는 지한이 아닌 제게로 왔다.

"……아직도 제자리인 그 사람, 언제까지 봐줄 생각인 거야?"

"모르겠어."

"나는 이제 더 이상 못 봐주겠는데. 다른 사람들은 다들 네가 바보 같다고 해도 내가 그동안 침묵할 수 있었던 건, 네가 선택한 사랑이라서였어."

"아파도, 나한테는 사랑이 되어 버렸나 봐. 하지만 지한 선배는 여전히 변함이 없더라. 나 진짜 바보 맞아. 이렇게 인정하기까지 너무 오래 걸렸지."

서현은 결국 스스로가 바보 같다며 자조 섞인 말을 하고야 말았다.

"아니. 넌 정말 최선을 다했어."

수민의 말이 서현을 위로했다.

그의 아픔을 제가 보듬어 주고 싶었다. 그러나 그렇게 노력했지만 자신은 할 수 없는 일이라는 것을 너무나 늦게 깨달은 듯했다.

"……있잖아. 이제는 그만 놓아주려고."

"네가 어떠한 선택을 하던 나는 네가 행복해지기를 바란다, 채서현."

"고마워. 정말 고마워."

"친구끼리, 뭘."

서현은 제 바람이 헛된 꿈이었다는 것을 인정하기로 했다.

"시간이 모든 걸 잊게 할 거야. 그렇지?"

"응."

"그러다 보면 조금씩은 지워 갈 테니까."

"응."

그간 꽉 동여매 두었던 눈물이 툭 터지더니, 순식간에 그녀의
얼굴을 뒤덮어 버리고야 말았다. 세상에서 자신을 가장 잘 아는
친구 수민의 앞에서 그렇게 한없이 눈물을 흘려보내며 서러움을
게워 내 버렸다.

"어떻게 할까요? 생각해 두신 스타일 있으세요?"

"……짧게 잘라 주세요."

"어, 얼마나요?"

"목 주변까지…… 가볍게요."

손님들 중에는 길게 길러 온 머리카락을 자르러 오는 여자들
이 간혹 있었다. 하지만 서현에게서 실연의 슬픔을 전혀 읽지 못
했던 미용사는, 제 눈치 없음을 자책하고는 어설프게 웃어 보이
며 덧붙였다.

"아, 짧게? 흠흠. 알겠습니다."

서현은 미용사가 무슨 생각을 하는지 알겠다는 듯이 말했다.

"실연한 거 아니에요. 실연당하러 가요."

미용사는 크게 당황해했지만, 괜찮다는 듯 작게 입꼬리를 올려
보이는 서현의 미소를 신호로 가위를 들었다.

"네, 그럼 시작합니다."

"잘 부탁드려요."

사락사락. 조심스럽게 머리칼을 잘라 내는 가위질 소리에, 서현은 떠올려지는 기억을 함께 잘라 내고자 했다.

"진짜 긴 머리칼인데, 아깝긴 아깝네요."

"……괜찮아요. 어차피 한번쯤은 잘라 내야 하는 걸요……."

어차피 한번은 잘라 내야 할 기억처럼 머리칼을 잘라 내 달라 말을 하고는 눈을 감아 본다. 아무도 자신을 몰라보도록 긴 머리칼이 잘라 내어지고, 그와 함께 그와의 길었던 추억들도 모두 다 사라지기를 기도하면서 말이다.

"자, 다 되었습니다. 한결 가벼워지셨죠?"

"그러네요."

어깨로 흘러내려 바닥에 떨어진 머리칼처럼, 단호하게 떨어져 나가야지.

"샴푸실로 가실게요."

"네."

바닥의 머리칼이 몇 번의 비질에 쓰레기통으로 향했다. 지한과의 모든 추억을 저렇게 버려야지.

"손님의 마음도 가벼워지시기를 바라요."

"……고마워요."

서현은 미용실의 문을 나서며 숨을 깊이 들이마셔 보았다.

"좋다……."

그의 대한 추억이 불어왔다.

"시원하다, 그렇지?"

서현은 지금이 왠지 홀가분하게 느껴졌다. 서현은 바람을 느끼며 말했다.

"좋은 기억마저도 가져가라."

이제 그를 만나면 말해야지.

'우리, 아니 이제 나, 선배를 그만 놔줄까 해요. 내가 선택한 길이었으니까 그 누구도 원망하지 않아요.'

숨을 크게 들이켜며 저 하늘 위로 기억마저 날려 버리리라 다짐한 서현은, 흐르는 눈물을 애써 미소로 바꾸어 보았다.

"서현."

여느 날과 똑같이 그녀의 이름을 불렀다. 그렇게 하면 늘 돌아오는 목소리가 들려오지를 않자 약간은 짜증이 섞인 목소리로 다시금 그녀의 이름을 불렀다.

"채서현."

하지만 돌아오는 대답은 없었다.

"내가 미쳤나. 여기에서 왜 채서현을 찾아."

지한은 그녀가 떠나간 사실을 인지하지 못한 것처럼 굴고 있었다.

"젠장. 빌어먹을."

그녀와의 기억은 지워 내려 할수록 더욱더 선명하게 떠올라

제 머릿속을 온통 잠식했다. 지한은 그것이 화가 나서 미칠 지경이었다.

"이 망할 놈의 기억아."

그녀에게 살가운 말 한 마디 제대로 해 준 기억도 없고, 그녀의 얼굴을 제대로 들여다본 기억도 없었다.

"이제 와서 왜. ……나 너한테…… 미안한 거겠지."

미안하다는 말은 이제 아무 소용없는 소리가 되어 버렸다.

"이 멍청한 놈아."

이러는 자신이 이해가 가지 않는다.

"더는 상처 주지 말아야 하잖아……."

그녀가 떠나고 나서야, 제 모진 취급을 받던 그녀의 속이 어땠을까 생각하게 된다.

"가지 말라고 말했다면 달라졌을까."

지한은 사랑한다고, 자신을 기다려 달라고 말했어야 하나 잠시 생각해 보았다.

"아니, 나라는 놈은 누구도 사랑할 수 없어."

지한은 제 볼을 타고 흐르는 눈물을 가만히 두었다.

"그게 나야."

제 스스로 따뜻함을 놓아 버린 주제에, 자신의 빈손이 못내 서러웠다.

"잊어버리자."

자신에게 있어서 누군가를 사랑하고 영원히 함께하는 것은 그저 꿈일 뿐이었다. 그랬기에 현실을 받아들이고 그녀를 보내 버린 것이었다.

"지워 버리자. 서현이에게 나와 같은 상처를 줄 수는 없어……."

지한은 사랑을 하기에는 너무나 버거운 자신의 아픔과 증오가 다시는 희망을 꿈꾸지 않기를 바라며 모든 것을 다시 잠가 버렸다. 그러고는 다시 눈을 감아 버렸다. 감은 눈 틈새로 눈물이 흘러내렸다.

"세상에. 이게 얼마만이야."

"선배!"

오랜만에 찾은 학교 캠퍼스에 들어서자, 그때 그 시절이 머릿속에 마법처럼 떠올랐다. 서현의 얼굴에 오랜만에 진실된 미소가 피어올랐다.

"짠."

"고맙습니다."

서현의 손끝에서 캔 음료수의 마개 열리는 소리가 경쾌하게 들린다.

"진짜 반갑다. 변한 게 하나도 없네."

"선배야말로, 어쩜 그대로예요? 애들한테 소식은 들었는데 바쁘다 보니 참석 못 할 것 같아서 이렇게 찾아뵈었네요."

반가운 사람을 추억이 많은 장소에서 만나는 일은 매우 즐거운 일이었다.

"괜찮아. 안 그래도 너한테 연락해 보려고 했는데."

"그러셨어요?"

"소식, 들어 버렸거든."

"아, 역시 빠르네~"

"조금 전에 지한이도 찾아왔었어."

"그랬어요?"

"응."

잠시간 둘 사이에 적막이 감돌았고, 서현이 이내 다른 화제를 꺼냈다.

"그나저나 효연이도 참 대단하네. 우리가 봐도 질기도록 선배 쫓아다니더니, 결국은 결혼에 성공하네. 선배 교수 되는 데에 지극정성으로 내조하더니, 부모님 눈에 먼저 들 줄이야."

"……그러게. 나도 의외였어. 예전에 효연이가 너랑 얘기하겠다고 나한테 연락 부탁하러 찾아왔을 때, 내가 '너, 참 못됐다.' 라고 했던 게 굉장히 충격이 컸다더라."

"하긴. 주변에서 아무리 말해도 사랑하는 사람 한 마디가 가장 큰 영향을 끼칠 수 있는 거니까요."

"너희는 어쩌면 그런 모습도 그렇게 닮았냐."

"닮은 게 있기는 했을까요?"

"둘 다 바보네."

"그런가 봐요. 그래도 저는 이제 바보 탈출했답니다."

"행복하니?"

"행복하다기보다는 가벼워요. 뭔가 굉장히 홀가분한 기분."

"그럼 다행이네. 네가 편하다니까."

"그러려고 노력하고 있거든요."

아직은 하루에도 몇 번씩 그로 인해 울다가 웃었다. 하지만 잊으려 노력하고 있었다.

"노력으로 되는 거기는 해?"

"그럼요, 그래서 그 손을 놓을 수 있었으니까."

캠퍼스 한구석, 그런 그녀를 아프게 바라보는 시선이 하나 더 있었다.

"……내 곁에서 그렇게 웃고 있었지. 그런 사람이었지, 네가."

지한은 멀리서 그녀가 웃는 모습을 지켜보고만 있었다. 현수의 결혼소식을 듣고 만났다가 돌아가는 길에, 익숙한 실루엣을 보았다. 그녀 앞에 나설 수도 없고, 그렇다고 돌아서서 가 버릴 수도 없어, 이렇게 몰래 훔쳐보듯 지켜보는 중이었다.

머리의 명령과는 다르게 마음은 채서현을 아프게 그리워하고 있었다. 자신의 그런 감정을 누가 믿어 줄까?

"언젠가부터 내 앞에서 잘 웃지 않게 됐던 넌데, 지금은 그렇게 웃을 수 있는 거구나."

처음부터 나를 모르고 살게 했으면 그녀가 더 행복했을까.

"내가 나를 가둔 것도 모자라서 너를 가둔 거였나……. 내 욕심이 맞았구나. 진짜 나 이기적이었네."

결국에 제 곁에는 그녀의 빈자리만이 남아 있었다. 그 빈자리에 그녀를, 그녀의 환한 미소를 채워 넣고 싶었다. 항상 곁에 있어 주던 그녀였기에, 이렇게 멀리 가 버릴 줄은 몰랐다. 채서현, 그 이름 하나만으로도 마음이 아려 왔다.

모질고 소홀하게 대했던 것들에 대해 미안하단 말도 제대로 하지 못한 채 그렇게 보내 버렸다. 그러나 이미 뒤늦은 후회였다.

"축하해~"

"안 왔으면 진짜 절교하려고 했어!"

"알아, 알아."

혹여 지한과 마주치게 될까 하는 마음에 참석하지 않으려 했던 결혼식이었다. 하지만 친구들의 귀여운 협박에 못 이겨 결국은 이렇게 효연과 현수 선배의 결혼식에 참석하게 됐다.

"하여튼 우리가 효연이 엄살이랑 협박에 못 이기는 건 변함이 없는 것 같네."

"쳇, 내가 언제~ 그리고 우리 서현이까지 못 오는 건 좀 억울해서 말이지."

"우와~ 언제부터 내가 효연이 너한테 우리 서현이로 불렸던 거야."

"영광이지?"

"아무렴요."

까르르르. 예식장에 있는 사람들 모두가 행복하게 웃고 있었다.

"신부님, 입장 준비하셔야 할 시간입니다."

웨딩홀 직원이 들어와 예식의 시작을 알렸다.

"화이팅."

"얘들아, 나 잘 할게~"

"다녀와~"

참으로 어리고 완벽하지 못해서 누군가에게 상처를 주기도 했지만, 때로는 함께 순수하게 웃으며 즐거운 시간을 함께했던 친구가 이제는 성인이 되어 평생을 함께할 배우자와 평생을 약속한다.

오만 가지 생각이 서현의 머릿속을 휘돌고 있을 때, 그리운 목소리가 들려왔다.

"안녕."

우르르 예식홀로 향하던 친구들이 모두 놀라 굳었다.

"지, 지한아."

"왜? 오지 않겠다던 사람이 나타나니까 무지 반갑냐?"

사람의 일은 한 치 앞도 알 수가 없다는 속담처럼, 지한이 나타났다.

"다들 반응이 왜 이래?"

"아, 그게 그러니까. 하하하, 정말 반가워서 그러지."

"그, 그렇지, 우리가 정말 반가워서."

"그치."

"당, 당연히 바, 반갑지."

"거, 되게 반갑나 보네. 말까지 더듬고."

대학 사람들이 지한을 보고서는 마치 귀신이라도 본 것처럼 굴고 있었다. 모두가 서현의 눈치를 보며 어쩔 줄을 몰라 하고 있는 것이었다. 서현은 한숨을 폭 내쉬고는 상황을 정리하기로 했다.

"한번은 보게 될 줄 알았어요. 괜찮아요."

그 순간, 지한은 깨달아 버렸다. 저를 보는 게 이미 아무렇지 않아졌다는 것을 말이다.

"오늘은 저 두 사람을 위해 축하하는 것에만 집중했으면 좋겠어요."

지한은 아직도 힘든 자신과는 다르게, 자신과의 일을 이미 잊은 듯이 미소를 지어 보이는 그녀가 왠지 야속하게 느껴졌다.

지한은 친구들 사이에서 현수와 효연의 결혼식을 주시하는 서현을 보며 문득 과거의 어느 날을 떠올렸다. 어느 날인가 그녀가 자신의 사무실 맞은편에 있는 웨딩드레스숍 앞에서 새하얀 순백의 웨딩드레스를 보며 꿈꾸는 듯한 얼굴로 얘기했었다.

'……있잖아.'

'응.'

'내가 이 드레스를 입으면 어떨 것 같아요?'

'드레스?'

'웨딩드레스를 입을 날이 올까요? 선배 곁에서?'

'……왜 그래, 안 어울리게.'

'……그러게 내가 실없는 소리 했네, 그만 가요.'

'그래.'

기억을 떠올린 지한은 차마 더 이상 그 자리에 있을 수가 없을 것 같았다. 그녀를 향한 시선을 겨우 거둔 지한은 조용히 자리를 떠났다.

"미치겠네."

지한은 사랑이라는 것 자체가 별것이 아니라 생각했다. 그래서 그녀가 원하면 언제든 보내 줄 수 있다 여겼건만, 그것이 제 인생 최대의 실수였다는 것을 깨닫고 있었다. 이제는 절절한 마음이 되어 후회할 수밖에 없는 지금의 시간이 너무나 힘겨웠다. 그녀에 대한 기억을 떠올릴수록 서현을 자신의 곁에서 홀로 묵묵히 아파하고 견뎌 내게 만든 것이 자신이라는 사실에 짜증이 치밀어 오를 것만 같았다.

그녀에게 주었던 아픔을 이제는 제가 되돌려 받고 있는 사실이 우습기까지 했다. 용서해 달라고, 너의 사랑을 몰랐었다고, 돌아와 달라고 할 수는 없는 지금이 너무나 싫었다.

"이렇게 한참 뒤에야 혼자 울게 되네."

그녀의 사랑이, 그리고 그녀가 비추어 주던 따뜻한 빛이 자신에게는 얼마나 소중한 것이었는지 알면서도 상처받은, 그리고 앞으로도 저로 인해 계속 상처받을 그녀를 위해 떠나는 그녀를 붙잡지 않았다. 그게 멋있는 이별이라 믿었었다.

"너를 보낼 수 있다고 생각했는데⋯⋯."

너의 손을 놓친 후회뿐인 시간이 흘러, 이제는 되돌릴 수 없어져 버린 것 같았다. 아픔이라는 손톱이 가슴을 깊이 후벼 파, 지한은 아픔에 몸서리쳤다.

"으⋯⋯."

"잘한다, 잘해. 그렇게 마셔 댔으니 병원에 실려 가지 않은 게 다행이다."

짝. 울려 퍼지는 소리가 지한의 등을 강타했다.

"⋯⋯악."

"아프냐."

"아, 어머니."

"아파?"

"당연한 소리를 왜 물어보세요, 정말."

"너 한번만 더 전화기 붙들고 서현이 이름만 불러 봐, 그때는 정말 이걸로 안 끝나."

쾅 닫힌 문을 잠시 쳐다보던 지한은 다급히 휴대전화를 집어 들고 마른침을 꿀꺽 삼켰다. 휴대전화 액정을 들여다보는 그의 얼굴이 점차 굳어져 간다.

"미친놈."

몸이 견뎌 내지 못할 만큼 술을 마시고 그녀를 떠나보냈던 머리가 고장 나자, 그녀를 그리워하는 마음의 갈급함이 서현을 찾게 했던 것이다.

"그렇게 아무렇지 않게 보내 놓고. 끝내 놓고 전화를 왜 해."

하지만 이내, 그 늦은 시각에 제 전화를 받았을지도 모르는 그녀를 생각하니 속이 탔다. 헤어지고도 그녀에게 다시 상처만 주고 있는 것 같아서 괴로워지기 시작했다.

잘해 주지 못해서, 떠나고자 했던 그녀를 잡지 않았던 것에 대한 후회가 너무나 컸다. 자꾸 마음이 따끔거렸다. 지한은 왠지 울컥 눈물이 쏟아질 것만 같았다. 지한은 서현이 없는 하루가 흘러가는 것이 이제는 서글퍼졌다.

"이 한심한 나를 어떻게 할까."

이제는 그녀를 향한 사랑을 지울 수도, 버릴 수도 없게 되어 버렸는데……

"마셔~"

"고맙다."

"술 따라 주는 게 뭐가 그리 고마워?"

"맨정신이기 힘드니까, 술 주는 네가 정말 고맙다고."

"제정신이 아닌 건 알겠고, 얼굴은 왜 그 모양인 건데?"

정한이 물었지만 지한은 답 없이 술잔만 기울일 뿐이었다. 정한이 그런 지한의 대답을 때려 맞춰 보았다.

"하…… 말할 생각 없으니까 닥쳐라?"

"잘 아네."

"천천히나 마셔 그럼!"

정한은 현재 자신의 앞에 앉아 묵묵부답으로 일관하며 연신 소주를 들이켜는 지한을 지켜볼 뿐이었다. 정한은 지한의 이런 모습이 꽤나 낯설다 생각이 되었다. 말없이 술잔을 기울이던 지한이 불쑥 내뱉었다.

"이런 게 '벌 받는 심정'이라고 하는 건가."

"형답지 않게 왜 그래. 많이 힘들어?"

정한은 얼마 전 서현 누나가 형의 곁을 떠났다는 얘기를 들었다. 오랜 시간 홀로 가슴앓이해 왔던 그녀를 누구보다 잘 알고 있었기에, 다른 수많은 사람들과 마찬가지로 잘 떠났다고 생각했었다.

"그러게 좀 잘하라니까. 그랬으면 이렇게 미련이 남지 않았을 거잖아."

"……사랑 따위, 그게 뭐라고 생각하고 살았어."

"그 이유, 결국은 아버지인 거야?"

"······말이 많아졌네. 나 잔 비어 있다."

"그래."

지한이 다시 말없이 술잔을 기울여 입안으로 소주를 털어 넣기를 반복하는 모습을 보고 있자니, 정한은 걱정이 되는 마음을 감출 수가 없었다.

"그럼 차라리 누나한테 다시 돌아와 달라고 하는 건 어때?"

정한이 조심스럽게 물었다. 잠시 망설이는 듯했지만, 지한은 바로 답했다.

"······달라지지 않을 거야."

"어떻게 그렇게 확신해?"

"돌아올 거였으면, 그럴 거면, 내 곁에서 떠나지도 않았을 거야."

"누나에 대해 전혀 모르는 줄 알았더니, 잘 알고 있는 것 같네."

그녀는 단호한 사람이었다. 최선을 다했으니, 더 이상의 후회도 없을 터였다. 그러니 지한은 그저 이렇게 술을 마시는 것 말곤 할 수 있는 일이 없었다.

"굉장히 의리 있고 따뜻한 사람을 대체 왜 그렇게 아프게 했던 거야. 아버지를 미워하면서도 결국은 아버지의 차가움을 닮아 간 거잖아."

"그렇게 싫어하면서도, 내가 어쩔 수 없는 아버지 아들이란 거겠지, 뭐."

정한이 주는 술을 마실수록, 서현에 대한 생각이 더 또렷해지는 지한이었다.

"이제는 잊을 때도 됐는데."

그녀는 떠났고, 자신은 그녀를 보냈다. 그러니 그녀를 기다리는 일도 제겐 허락되지 않았다. 바람에 흩날리는 머릿결을 바라보던 그 사소한 일조차 제게 너무나 소중한 일상이었다는 것을 이렇게 뒤늦게 깨달아 버린들, 아무 소용없는 것이었다.

"……채서현, 보고 싶다."

하지만 지한은 그리운 이름을 불러 봤다. 겨울을 물리치는 따스한 봄볕처럼 제게 따뜻하게 내리쬐어 달라는 소망을 담아.

"편안해 보여서 다행이야."

서현은 효연과 현수 선배의 결혼식 이후로, 오랜만에 수민을 만났다. 걱정스러운 얼굴로 제 얼굴을 들여다보던 수민은 부담이 가신 얼굴로 건배 제의를 한 뒤, 그렇게 말해 왔다.

서현은 그 말에 고개를 끄덕여 보이며 답했다.

"그러게. 이렇게 편할 걸 왜 진작 놓지 못한 걸까 하는 생각도 들어."

"……힘들어도 치열하게 노력했던 만큼 후회를 안 남기는 게 네 성격이니까."

"그래. 후회 없이 놔주었으니, 그래서 이렇게 편한가 봐."

미련 한 점 없다면 거짓이겠지만, 걱정했던 것보다는 괜찮았다. 그리고 무엇보다 서현에게는 이렇게 걱정해 주는 친구도 있었다. 기분 좋게 이야기를 나누며 시간을 보냈다.

"앞으로는 너만 끔찍이 생각하는 사람 만나서, 웃는 일이 더 많아졌으면 좋겠어."

그러고는 서현의 미래를 위해 또다시 소리 내어 잔을 부딪치는 서현과 수민이었다.

띠리릭 띠리릭.

막 잔에 입을 가져다 대려는 찰나, 휴대전화 벨소리가 수민과 서현의 시간을 훼방하고자 하는 듯 울어 댔다.

"……그거 네 휴대전화 벨소리 같은데."

"그런가?"

수민의 말에 자신의 휴대전화 액정을 확인한 서현은 놀란 눈빛으로 말을 잃고 말았다.

"누구길래 전화도 안 받고 보고만 있어?"

"……나 잠시만 통화 좀 할게."

수민에게 양해를 구하고 자리를 옮긴 서현은 깊게 숨을 들이켜고는 통화버튼을 오른쪽으로 밀어 냈다.

"응, 정한아."

[누나, 저 정한이에요…….]

"알아. 얼마 전 그 밤에는 네 형이 전화하더니, 오늘은 너네."

서현은 불편한 마음을 다잡으며 말했다.

[누나, 나한테 마지막으로 시간 좀 내 줄 수 있어요?]

"무슨 일인데?"

정한에게서 만날 장소를 듣고 통화종료 버튼을 누른 서현이 짧은 한숨을 내뱉었다.

자리에 돌아가자 수민이 궁금하단 표정으로 자신을 올려다보고 있었다. 서현은 미안한 얼굴로 수민에게 양해를 구했다.

"미안해. 나 급히 갈 데가 생겼어."

"어디?"

"다녀와서 말해 줄게. 미안해, 수민아."

서현의 표정을 본 수민은 무슨 일인지 대충 눈치를 챈 듯했다.

"빨리 가 봐. 무슨 일 있으면 전화하고."

"응."

수민은 다소 불만스러워 보였지만, 서현의 상황을 이해한다는 듯 고개를 끄덕여 보이며 그녀를 보내 주었다. 수민은 커다랗게 한숨을 푹 내쉬며 남은 소주를 들이켰다.

"누나, 여기요."

서현은 난감한 표정으로 정한에게 다가갔다.

"술 마셨구나?"

"조금요."

아무리 봐도 조금 마신 상태로는 보이지 않았지만, 서현은 무시한 채 바로 본론을 물었다.

"……왜 불렀어?"

서현은 정한의 옆에 있는 남자를 흘끗 보고는 이어 말했다.

"정한아. 하나만 묻자."

"네."

그러고는 짧게 옅은 숨을 내뱉은 서현은 팔짱을 풀며 말했다.

"선배 이러고 있는 거 혹시 나 때문이고, 그래서 나 불러 낸 거야?"

정한은 서현의 질문에 마른침을 꿀꺽하고 삼킬 수밖에 없었다.

"네."

"……내 예상 밖의 전개이긴 한데, 미안."

"뭐가요?"

"이제는 나랑 상관없는 일이야."

"누나, 그러지만 말고……."

서현의 단호한 눈빛과 말투에 당황해 정한이 어버버거릴 때였다.

"……보고……."

정한에게서 앓는 듯한 소리가 들려왔다.

"형? 정신 차린 거야?"

"……보고…… 싶……."

지한이 아픈 목소리로 웅얼거리는 말에, 서현도 저도 모르게 귀를 기울이고 말았다.

"……보고 싶어……."

누가 보고 싶다는 걸까. 이렇게 아픈 목소리로, 누구를 찾는 걸까.

"……채서현…… 보고, 싶다."

그 말을 끝으로 지한의 입은 다시 열리지 않았다. 다시 고른 숨소리가 들려왔다.

"미안해요, 누나. 누나가 형이랑 사귀면서 아파했던 거 나도 누구보다 잘 알아. 그래도 형이 괴로워하는 거, 한번쯤 알아 줬으면 했어. 미안해요."

하지만 정한의 진심 어린 사과는 이미 서현에게 들리지 않았다. 그녀는 지한의 입에서 나왔던 말에 놀라, 그 말만을 머릿속에서 반추하고 있을 따름이었다.

"내가 평생 듣지 못할 것 같았던 말을, 이제 와서 들어 보네."

"미안해요."

"도대체 이제 와서 어떻게 하라고……."

그는 변하지 않았고, 지친 서현은 지한을 떠났다. 그것뿐인 이야기였다. 지한도 이해를 하는 줄 알았는데, 이렇게 흐트러진 모습을 보니 못내 속상했다.

"누나랑 이별하고, 형 많이 이상했어."

서현은 정한의 말을 믿을 수 없었다. 쓰라리고 따끔거리는 상처를 간신히 추스르고 이제야 좀 편안해졌나 싶었더니, 지한이 취중에 내뱉은 한 마디로 또 이렇게 흔들려 버리는 자신이 미웠다. 그리고, 그리움에 후회하고 있는 그가 미워지기 시작했다.

지한을 쏘아보던 서현은 지한의 약지에 끼워져 있는 것을 보고야 말았다.

"하…… 진짜 억울하다. 저 커플링, 내가 조르고 졸라서 겨우 맞춘 거야. 알지?"

"알죠."

아무것도 끼워져 있지 않은 서현의 왼손 약지와는 대조적으로, 지한의 손에는 아직도 커플링이 그대로 끼워져 있었다.

"나는 이제 반지 꼈던 자국도 사라져 가는데, 지한 선배는 왜 아직도 저걸 끼고 다니는 건데."

"누나."

"도대체 왜 이러는 건데. 내가 어떻게, 어떻게 이 사람 지우려고 했는데."

차라리 처음부터 아프면 아프다고, 힘들면 힘들다고 말했으면……. 이제 와 힘들어하는 그를 보고 있자니 서현은 괜스레 억울해졌다.

"내 말이. 결국 이럴 거면 누나를 붙잡기라도 하지."

"그러게. 바보 같은 윤지한이라서 처음부터 걱정이었어."

지한은 서현의 심장 깊숙한 곳에 박혀서, 이별을 준비하는 것은 무척이나 힘든 일이었다. 돌이켜 봐도, 서현에게는 숨도 못 쉴 만큼 괴로운 나날이었다. 그리고 이제야 간신히 제 심장에서 어렵사리 빼낸 사랑이었다.

"정한아, 잘 들어. 내일 선배가 잠에서 깨거든 또 연락하면 영원히 사라져 버릴 거라고 전해."

"누나."

"너도 이제 이런 일로 전화하지 마. 알았지?"

"……응."

서현은 시선 끝에 걸리는 지한을 애써 무시하며 한숨을 푹 내쉬고는 그 자리에서 미련 없이 등을 돌렸다.

"괜찮아 잘한 일이야."

서현은 어두워진 하늘을 올려다보았다. 제 이름을 부르며 아파하던 지한이 떠오르자 그에게 하고 싶은 말들이 꼬리에 꼬리를 문다. 손에 들린 전화기만 바라보다가 다시 한 번 한숨을 토해 냈다.

이미 끝난 일이라고 아무리 되뇌어 봐도, 뭔가를 잃어버린 듯 허전한 마음이 드는 서현이었다.

아직은 편히 볼 수 없는 상태였다. 오늘 갑자기 이렇게 지한의 무너진 모습을 보자, 이별을 다짐할 때의 굳은 결심이 무너져 눈물이 날 것만 같았다.

"잊혀져도 괜찮을 것 같은 모습이 아니잖아."

같은 하늘 아래에서 서로 다른 삶을 살아가게 될 거라고 생각했었다. 인연이 한번 지한과 서현 사이를 지나갔지만, 결국은 온전히 저마다의 인생을 살아가게 될 줄 알았다.

서현은 떨어지는 비처럼, 추억을 떨구어 내듯 참아 왔던 눈물을 함께 떨구고야 말았다.

"이러면, 이렇게 나타나면 나는…… 어떻게 하라고."

마음은 언제나 그의 곁에 머물고 싶었다. 하지만 다시 시작해도 눈물일 수밖에 없으니, 서현은 그 마음을 끊어 내려 그를 사랑한 만큼 미워해 보려 하기도 했었다. 그렇게 힘들게 그를 잊으려 노력했는데, 그의 보고싶단 한 마디 말에 이렇게나 흔들리고 있었다.

"제발, 이러지 마. 흔들지 마."

그가 이렇게 저를 그리워할 거라 기대하지 않았다. 자신을 쉽게 잊을 줄 알고 있었다. 그래서였을까. 그의 아픈 모습에 서현은 심하게 흔들렸고, 그런 자신이 미워졌다.

"이리 와 봐."

"무슨 일인데?"

"이거 봐 봐."

서현은 상쾌한 주말 아침부터 갑자기 모르는 남자의 사진을 봐야 했다. 저를 둘러싸고 무언의 압박을 보내고 있는 엄마와 오빠, 동생들이 왠지 무섭게까지 느껴졌다.

"……웬 남자야?"

"이 웬 남자가 너랑 선볼 사람이야."

"뭐?"

당황스러웠고 어이가 없기까지 했다. 어젯밤의 위태로웠던 지한의 얼굴이 아직까지 잔상으로 남아 있는 지금은, 이 상황이 매우 부담스럽게 느껴졌다.

"이러는 게 어디 있어. 나한테 상의도 없이!"

화를 내던 서현은 언젠가는 이런 일이 생길 것이라고 예상을 했었기 때문에, 어느 정도 포기를 하며 물었다.

"언제 가야 하는 건데?"

"너도 관심이 좀 가?"

"나 다음 달에는 프로젝트 마감 후에 프레젠테이션 준비해야 돼."

"그럼 날짜를 조금 앞당길까?"

하지만 서현은 지한이 아닌 다른 사람 곁에 서 있는 자신의 모습을 상상하는 것만으로도 왠지 어색하게 느껴졌다.

"아니……."

하지만 그를 비워 내야만이 제가 살아갈 수 있을 것이었다. 서현은 엄마의 손에 들린 사진 속 남자의 얼굴에 다시 시선을 주었다.

"……켜져라, 켜져라, 켜져라."

지한은 무엇인가를 초조하게 기다리는 강아지처럼 안절부절못하고 있었다.

"……켜졌네."

정한의 부름에 그녀가 술 취한 저를 보고 갔던 그날 이후로, 지한은 매일 그녀의 방에 불이 켜진 것을 보고서야 안심을 하고 집으로 돌아갈 수 있었다.

그때였다. 골목의 가로등 아래로 아는 얼굴이 나타났다.

"형……."

"혹시나 했는데. 너 맞구나. 그냥 돌아가려고?"

퍼억.

날렵하게 뻗어 나온 동현의 오른쪽 주먹에 지한의 상체가 휘청거렸다.

"……윽……."

"아프냐? 서현이는 지금 네가 아팠던 것보다 더 아팠어! 너희 관계를 처음 알았던 그날 너희 둘을 뜯어말리지 못했던 게 너무 후회가 돼!"

그러고는 지한의 어깨를 잡아 자신의 마주 보게 한 동현은 미동 없이 서 있었다.

"……어림없다, 윤지한. 이제라도 서현이한테 허락을 얻고 아프게 했던 지난 세월에 대해 보상하려 한다 해도, 내가 있는 이상 서현이 짝으로는 어림도 없어."

동현에게 지한은 똑똑하고 매사에 철두철미해서 무척이나 아끼던 후배였다. 본인도 저를 따르니 더욱이 아꼈었다. 그러나 이젠 하나뿐인 제 여동생을 아프게 한 나쁜 놈일 뿐이었다.

동현은 지한의 어깨를 더 꽉 쥐며 말했다.

"설령 서현이가 허락해 준다고 해도, 나는 절대로 허락 못 해."

"……당장 서현이 본인에게도 허락받기 어렵다는 거 잘 압니다. 하지만 늦었던 만큼 노력하고 싶어요."

가까스로 분노를 참아 내고 있는 동현을 바라보는 지한 또한 왠지 모르게 울컥한 기분이 들었다. 하지만 뭐라 변명할 말이 없는 지한은 동현의 원망 섞인 시선과 말을 감당해 낼 뿐이었다.

"……흠씬 두들겨 패 주려고 했는데……. 아, 정말."

어느 정도의 침묵이 흐른 뒤, 동현은 씩씩거리며 지한의 어깨를 거칠게 놔 버렸다.

"……죄송합니다."

"일단 가라, 가 버려. 나도 지금 머리가 터질 것 같으니까."

"나중에 제대로 사과드리겠습니다."

지한은 동현에게 고개를 꾸벅 숙여 보이며 뒤돌아 걸어갔다. 동현은 진심을 고백하며 사과를 하고 있는 지한의 변화를 믿을 수 없다는 듯, 지한의 뒷모습을 멍하니 바라볼 뿐이었다.

"진짜, 미쳤구나. 윤지한."

어젯밤에 동현 형에게 한마디 들어 놓고도, 밤이 되자 제 발걸음은 어김없이 서현의 집 앞으로 향했다. 지한은 지친 모습으로 한 잔 두 잔 한숨을 마셔 본다.

그때, 너무도 그리운 목소리가 들려왔다.

"지한…… 선배?"

지한은 뒤에서 들려온 그 목소리에 반사적으로 몸이 얼어 버려, 뒤도 돌아보지 못하고 그대로 계속 서 있을 뿐이었다.

"……지금 여기에서 뭐 하는 거예요?"

서현은 저도 모르게 지한의 이름을 불러 버린 자신을 탓하며 그의 곁을 지나쳐 버리려고 했다.

그때였다. 어느새 바짝 다가와 있었는지, 목덜미께에서 지한의 목소리가 바로 울려 왔다.

"······잘못했어."

서현은 순간 휘청이는 정신을 단단히 붙잡기 위해 애를 써 보았다. 서현은 얼마 전에 그가 했던 말 때문에, 그 이후로 제대로 잠을 이뤄 본 적이 없었다. 그래서였을까, 그녀는 나오지 않는 목소리를 겨우겨우 쥐어짜며 말했다.

"······이제 상관없잖아요."

"그래야 하는데, 너를 봐도 아무렇지 않아 보려고 나름대로 필사적으로 살았는데····· 그게 안 돼."

"이러지 말아요, 제발."

"내 머리는 잊은 줄 알았어, 그런 줄 알았어. 그런데····· 네 이름을 부르는데, 늘 곁에 있던 네가 없더라. 그게 죽을 것 같이 힘들더라."

메어 오는 목을 가다듬으며 서현이 말했다.

"그거 알아요? 선배는 여전히 날 아프게 해."

"미안해."

"기도했어요, 늘. 선배와 마주 보게 해 달라고. 내 꿈은 당신뿐이었으니까. 선배가 웃으면 나도 웃고, 또 선배가 울면 나도 울었어요."

"내가 나빴어."

지한이 자신의 잘못을 인정하고 사과했다. 하지만 서현은 흔들리고 있음에도 단호하게 말했다.

"시간이 모든 걸, 잊게 할 거예요. 지금은 이렇게 힘들지만 곧

나를 조금씩 지워 가겠죠."

"늦어서 미안해. ……정말, 미안해."

그때였다. 그의 눈물이 목덜미에 뜨겁게 닿으며 서현의 이성을 마비시키는 것만 같았다.

지한은 흐르는 눈물을 닦을 생각도 못 한 채 이어 말했다.

"너 없인 하루도 살 수 없는 게 나였나 봐."

한때 가장 사랑하는 것들 중에 하나였던 지한의 낮은 음성이 눈물로 젖어 드는 걸 느끼자, 서현의 눈에서도 주체할 수 없는 눈물이 흘러 시야를 흐리게 했다. 서현은 마치 간청이라도 하듯이 소리쳤다.

"이러지 말아요, 제발!"

지한의 미안함, 후회, 반성에 서현의 가슴 깊은 곳에서 뜨거운 무엇인가가 차올라 가슴이 터질 것처럼 아팠다.

"이미 많이 울었어요."

그리고 서현은 지금도 또 울고 있었다. 그것이 모두 제 탓이란 것을 아는 지한은 괴로운 마음을 감출 수 없었다.

"마지막으로 기회를 주지 않을래? 이제는 나에게 기대 줘. 너를 외롭게 했던 날들만큼 노력할게. 다시 내 손을 잡아 줘, 서현아."

"그만! 이제는 우리 상관없는 사람들이잖아요. 이제 우리는 이미 서로 다른 길을 살아가는 사람인 걸요."

서현의 마지막 말을 끝으로 긴 침묵이 흘렀다. 지한에게서 아무런 말도 흘러나오지 않자, 서현이 목을 가다듬곤 매섭게 말했다.

"자꾸 그러면 이런 모습 보이지 않도록 내가 숨어 버릴지 몰라요. 정한이한테도 전해 들었을 거잖아요."

"그러지 마."

"그러니까 더는 찾아오지 마요."

그렇게 말한 서현이 돌아서서 사라지고 난 뒤, 지한이 혼잣말처럼 중얼거렸다.

"부서지고 조각난 내 마음은 오직 너만이 붙일 수 있어."

지한은 한참을 서성이다 겨우겨우 돌아섰다.

째깍째깍.

어두운 방 안에 시곗바늘이 움직이는 소리만 가득했다. 그러다 낮은 한숨 소리가 적막을 가르고는 실내등이 환하게 켜지며 벽에 기댄 서현을 비추었다.

"이걸로, 이걸로 된 거야."

제대로 숨을 쉬고 싶었다. 그가 제게서 행복한 추억들을 가져가 주기를 바랐다. 그런데 오히려 그를 잊으려 힘겹게 노력하는 제 앞에 불쑥 나타나 모든 노력을 무위로 만들어 버리는 그가 미웠다.

"제발 나도 좀 살자."

서현은 결국 고개를 떨어뜨리고야 만다. 눈물이 났다. 닦아도 다시 났다. 한없이 눈물을 흘리던 그가 걱정되었다.

"잘라 버렸는데."

잘라 버린 머리카락처럼 그 기억까지도 사라졌을 것이라 믿었는데, 이제는 당연하게 그를 걱정하고 있었다. 이렇게 또다시 저를 다시 울리는 나쁜 남자를.

서현은 마치 그를 미워할 핑계를 찾고 있는 것 같은 자신이 한심하게 느껴졌다. 실은 그저 다시 그에게 흔들릴까, 그것이 두려웠다.

4장.

다시 돌아온 봄

R^ewite_r

'더는 찾아오지 마요.'

그날 이후, 지한은 서현을 잊으려고 정말 많이 노력했다. 더 이상은 서현을 슬프게 하고 싶지 않았다. 서현이 원하는 것이 그를 잊고 떠나는 것이라면, 그것만은 들어주고 싶었다. 날씨가 쌀쌀해지고 그날이 가까워 오자, 지한은 자신이 그녀에게 돌아가서는 안 될 사람이라는 것을 다시 깨달았다.

"……나, 다시 다녀올게."

지한은 그녀에게는 닿지 않을 인사를 건넸다.

누구에게도 보여 주고 싶지 않은 아픈 상처 때문에 또다시 도망을 가는 지한이었다. 쌀쌀해진 겨울의 초입, 어머니의 기일이 찾아왔다.

어머니의 기일마다 오는 곳에서, 지한은 어머니를 추억하던 여느 때와는 달리 서현에 관한 것만 추억하고 있었다.

'그거 알아요? 선배는 여전히 날 아프게 해.'
'미안해.'
'기도했어요, 늘. 선배와 마주 보게 해 달라고. 내 꿈은 당신뿐이었으니까. 선배가 웃으면 나도 웃고, 또 선배가 울면 나도 울었어요.'

그녀의 볼을 타고 흐르는 눈물만으로 충분히 알 수 있었다. 그녀가 자신을 얼마나 사랑했는지, 자신이 그녀에게 강요한 희생이 무엇이었는지를 말이다. 미안함과 후회가 온몸에 독처럼 퍼져 나갔다.

'……예쁘다.'
'그렇게 좋냐?'
'당연히 좋죠. 나이가 나이다 보니, 친구들은 결혼하고 애도 있어요. 그런데 선배랑 나는 그 흔한 커플링 하나 없었잖아요.'
'……그게 중요한가?'

그렇게 좋아했는데. 그 반지 하나에 그렇게 좋아했는데. 지한을 서현을 떠올리며 눈물지었다. 견딜 수가 없었다. 깊은 곳에서부터 치밀어 오르는 자신의 한심함을 견딜 수가 없었다. 길거리 음식을 먹으면서도 자신이 곁에 있다는 것에 늘 행복하게 웃던 그녀의 모습이 떠올랐다. 그 미소가 미치도록, 사무치게 그리웠다.

"그래서. 그 녀석이 또 사라졌다는 거야?"

"……그렇습니다."

정한이 고개도 들지 못하고 말하자, 아버지의 노한 목소리가 정수리에 꽂혔다.

"이런 모자란 놈 같으니. 그런 녀석이 무슨 일을 해? 돌아오는 거 기다릴 필요도 없어. 당장 자리 **빼**."

"아버지."

"네놈도 꼴도 보기 싫으니 나가!"

"나가 보겠습니다."

정한이 꾸벅 인사를 하고 사라지는데도, 그의 미간에 생긴 주름은 더 깊어지기만 했다. 그때 연재가 오피스룸으로 들어왔다.

"정한이 말대로 조금만 시간을 주세요. 제발요. 그분의 기일이 되면 아직도 아파하는 아이인 걸요."

"……하……."

정한과 지한의 아버지인 윤 화백의 입에서는 절로 한숨이 새어 나왔다. 그런 그의 모습을 바라보는 연재의 마음 또한 다르지 않았다.

"지한이가 그리 좋아하던 서현이도 결국 상처 줄까 봐 떠나보
내 주고, 매일 아파했어요. 더욱이 힘들었을 거예요. 예전에, 그
애를 만나기 전처럼요."

윤 화백에게도 그때의 일은 가장 사랑하던 사람을 떠나보낸
가장 슬픈 일이었다. 그녀의 마지막 소원을 들어주기 위해, 자신
도 많이 아팠다. 아프면서도 그녀가 함구하길 바란 진실을 이제
껏 감추어 왔던 것이었다. 윤 화백과 지한의 잔뜩 엉켜 버린 실
타래를 풀 수 있는 방법은 없어 보였다.

물론, 아주 방법이 없는 것은 아니었다. 연재가 윤 화백의 손
을 감싸며 말했다.

"이제 사실을 얘기해요."

"하지만 나는 죽는 날까지 함구하기로 약속했소."

"하지만 돌아가신 그분의 뜻은 그런 것이 아니었잖아요."

"그만."

자신이 생을 마감하고 난 뒤에나 이 깊은 오해의 골이 풀린다
할지라도, 윤 화백은 진실을 밝힐 생각이 없었다. 진실을 밝혔다
간 지한이 이미 받았던 상처가 덧나 버릴 수도 있었다. 차라리
저를 원망하게 두는 것이 나을 수도 있었다. 윤 화백은 깊은 슬
픔에 그저 고개만 떨굴 뿐이었다. 연재는 그런 윤 화백을 안타까
운 눈으로 바라보았다.

◆◆◆

"오늘 회의는 여기서 마치죠. 그대들 야근, 절대로 헛되게 하지 않을게요. 오늘은 이만 퇴근들 합시다. 주말 푹 쉬고 월요일 모의 발표 때 봐요!"

늘 그랬듯이 여유롭게 웃어 보이며 사라지는 팀장의 뒷모습을 모두가 우러러 바라보았다.

"채서현 팀장님도 진짜 대단하단 말이지."

"어째 애인이랑 헤어지고 나서 더 열심히 일하시는 것 같아."

서현은 지한과 함께하기 전에도 100%의 능력을 발휘하고 있었지만, 이별 후에 그 이상의 능력치를 발휘하는 중이었다.

"……그래도 그 덕에 우리 연말마다 성과급 두둑하게 받아서 타 부서에서 부러워하잖니."

서현은 팀원들로부터 원망과 칭송을 동시에 들으며, 열심히 살아가는 중이었다. 야근까지 하며 일과를 끝낸 뒤 막 사무실을 나서는데 휴대전화가 울렸다. 누구일까. 휴대전화를 확인한 서현은 심장이 덜컹 내려앉았다.

"이렇게 불러내서 미안해."

"……아, 아녜요. 전 괜찮아요. 어머니가 불편해하시는 것 같아서 제가 더 죄송해요."

연재는 제 생각부터 해 주는 서현의 배려가 고맙게 느껴졌다.

"이렇게 다정한데. 지한이 녀석이 조금 더 너를 따뜻하게 보듬어 줬더라면 얼마나 좋았을까."

"……그러게요. 저는 아버님, 어머니가 좋아서 그것 때문에라도 며느리로 살고 싶다고 했었잖아요."

연재는 미소 짓는 서현의 손을 꼭 잡으며 말했다.

"그랬었지. 녀석이 아니었다면 진짜 딸 하자고 했을 정도로 널 좋아했는데. 내가 미안하다."

"저, 진짜 괜찮아요. 치열하게 갈구했던 만큼 후회가 없나 봐요. 정말 괜찮더라고요. 너무 멀쩡해서 위로해 줄 맛도 나지를 않는다고 만날 구박받아요."

"세상에 네가 구박할 데가 어디 있다고 그래."

"그렇죠? 역시 제 편이시라니까."

서현이 조심스레 눈을 마주하자 연재는 그녀를 딸처럼 바라보고 있었다.

"……서현아."

"예."

제 아들과 헤어진 연인을 앞에 둔 연재는 마른침을 삼키며 호흡을 가다듬었다.

"그 녀석, 사라졌어."

"……네?"

서현의 머릿속에는 그가 마지막으로 저를 찾아왔던 그날이 떠올랐다. 하지만 침착하게 날짜를 떠올리곤 말했다.

"그분 기일이라서 그런 거겠죠…… 금방 돌아올 거니까 걱정 마세요. 잘 아시잖아요."

"이번엔 좀 달라. 길어 봐야 3일이면 돌아오던 녀석이 일주일째 돌아오지 않고 있어. 지한이, 너랑 헤어지고 많이 힘들어했어. 아마도 그것 때문이 아닌가 싶어. 부탁이야. 지한이를 부탁할 수 있는 건 너뿐이야, 서현아."

"하지만……."

"얼마나 아프고, 얼마나 울어야 녀석이 다시 웃을 수 있을까, 서현아."

서현 또한 마음이 아팠다. 지한의 행복을 빌었고, 제가 지한을 행복하게 해 주고 싶었다. 하지만 그게 안 돼서 모든 걸 버리고 떠나간 것이었다. 함께 행복해질 수 없어서.

연재가 한참을 망설이다가 서현의 손을 꼭 붙잡으며 말했다.

"예전에 너에게 해 주었던 지한이의 과거에 대한 얘기, 네가 대신 지한이에게 말해 주지 않겠니? 네가 얘기해 줘야 상처가 덜할 것 같아."

서현에게는 무거운 부탁이었다. 하지만 지한의 부모님께서 이제 와 지한에게 진실을 알렸다가 더 큰 상처가 될까 걱정하시던 것 또한 알고 있었다. 서현은 선뜻 대답하지 못했다.

"이제 와서 뭐 하러!"

연재에게 윤 화백의 호통이 떨어졌다.

"여보⋯⋯."

자신이 눈을 감기 전에는 절대로 드러내고 싶지 않았던 비밀을 꺼내려 서현에게 부탁까지 하고 왔다는 연재를 바라보는 윤 화백의 시선이 날카롭다.

"이 방법밖에는 그 녀석을 돌아오게 할 것이 없다고 생각했어요. 여보, 나는, 내가 잘못한 것은 아니라고 봐요."

자신의 아들 지한의 곁에 오래 있어 준 것만으로도 과분하게 고마웠던 서현에 대한 마음의 짐도 컸다. 그런 서현에게 그런 부탁까지 했다니, 윤 화백의 표정이 점차 굳어졌다.

"⋯⋯이미 돌이킬 수 없잖소!"

"이미 늦었다고 생각될지라도 차라리 하루 빨리 지한이에게 사실을 알리고, 앓을 만큼 충분히 앓게 하는 게 낫다고 생각해요. 우리는 지한이 그렇게 앓고 난 뒤에 다시 따스한 마음을 되찾기를 기도해 주면 되겠죠."

"이 사람아⋯⋯."

"당신은 지한이가 평생 텅 빈 가슴을 가지고 살면 좋겠어요?"

연재는 윤 화백에게 사실을 감추기만 하는 것은 오히려 독이 될 수도 있다고 말하고 있었다. 하지만 지한의 아버지 윤 화백은 지한이 사실을 알게 되었을 때의 아픔이 벌써부터 느껴지는 것만 같아 괴로웠다.

"그분이 진실을 감추고자 했던 게 이런 뜻은 아니었을 거예요. 그분도 지한이의 행복을 빌고 있을 거예요."

"그건……."

윤 화백은 소파 등받이로 몸을 깊숙이 기대며 천천히 눈을 감았다. 어차피 주사위는 제 손을 떠나 굴러가고 있었다. 서현이를, 그 고마운 아이를 믿는 수밖에 없을 것 같았다. 그 외에 자신이 할 수 있는 일은 아무것도 없는 것 같아, 그저 마음이 무거울 뿐이었다.

지한의 엄마인 연재를 만나고 온 서현은 방에 틀어박혀 생각에 잠겨 있었다. 그때 방문을 노크하는 소리가 들렸다. 열린 문틈 사이로 얼굴을 빼꼼 내민 것은 엄마였다.

"들어가도 돼?"

"네, 들어오세요."

제 딸의 얼굴을 물끄러미 바라보던 소영은 걱정스러운 말투로 말했다.

"오늘도 잠을 제대로 못 잔 거야?"

"알고 계셨어요?"

그 말에 소영이 빙긋 웃으며 말했다.

"너는 내가 누구라고 생각하니."

서현에게 있어서 때로는 짐이 되기도 했었던 아버지의 부재 이후, 오빠 동현과 엄마 그리고 쌍둥이가 없었다면 자신은 이렇게 제대로 성장하지 못했을 것이었다. 서현에게 있어 늘 변함없이 자신을 지지해 준 가족은 정말 특별한 사람들이었다.

소영이 서현의 어깨를 도닥이며 말했다.

"사실은…… 무슨 일인지 말해 줄 때까지 기다리는 멋진 엄마가 되고 싶지만, 네 얼굴을 보면 그럴 수가 없어서 말이야."

"……그러셨구나."

역시나 제 고민을 너무나 쉽사리 감지하는 엄마였다. 그런 사람이 제 곁에 있다는 사실이 감사하고 감격스럽기까지 한 그녀였다.

"괜찮아지려면 조금은 힘들겠지만, 나는 네가 어떠한 결정을 하든, 그 선택을 지지할게."

"……알고 계셨어요?"

"잘은 몰라. 그저 지한이가 매일 밤 찾아와 네 방에 불 켜지는 걸 확인하고서야 돌아간다는 건 알았지."

"매일요?"

"그래. 매일 왔다 가더라."

"몰랐어요……."

"싫고 미워서 떠난 거 아닌 거 알아. 아직 좋아하는 것도 알고."

"……엄마, 내가 어떻게 해야 할까요?"

"할 수 있는 데까지만 해. 그 이상 무리하다가 아파하는 딸의 모습은 더 이상 보고 싶지 않아."

"네."

"우리 딸은 잘할 수 있을 거야."

"……네."

엄마의 따뜻한 사랑에 위로와 응원을 동시에 받는 듯한 기분
이 들었다. 내일은 아침부터 분주해질 터였다. 그를 만나러 가야
했다. 하지만 걱정 속에서도 서현은 꿀 같은 잠에 빠졌다. 정말
오랜만의 깊고 편안한 잠이었다.

끼이이익.

방문을 연 서현은 방 안으로 조심스레 발을 들였다.

주말 아침부터 분주하게 준비해 그가 있는 곳으로 내려온 서현
이었다. 안 그래도 방에만 박혀 있는 지한을 걱정하고 계시던 주인
아주머니께 양해를 구한 뒤, 굳게 닫혀 있던 문을 열고 들어갔다.

낯선 방의 풍경에 더 들어가지도 못하고 잠시 걸음을 멈춘 채
주변을 돌아보았다. 그러다 시선이 한 곳에 멈춘 서현의 눈이 이
내 놀란 듯 커졌다.

핏기가 가신 얼굴로, 숨소리조차 들리지 않을 듯 기운 없이 누
워 있는 지한의 모습이 눈앞에 보였다.

"지한 선배."

갑작스레 들려온 반가운 목소리에 가슴속 깊이 아려 오는 통

증을 느낀 지한이 겨우 눈을 떴다. 서현의 걱정스러운 표정을 보자 그만 눈물이 날 것 같았다. 저를 걱정하는 서현의 흰 손을 붙잡고 위로해 주고 싶어 미칠 것 같았다.

서현을 마주하자 알 것 같았다. 그분의 기일에 과거의 상처로부터 도망쳐 온 자신이, 사실은 진정으로 원했던 것이 무엇이었는지. 이곳에 와서도 온통 그녀 생각뿐이었다. 서현, 채서현. 내 사람, 내…… 사랑. 하지만 자신이 그녀를 행복하게 해 줄 수 없는 건 변함이 없었다. 그녀를 울리기 전에 이 사랑을 또 억눌러야만 할 것이었다.

"바보! 이게 뭐예요!"

걱정 탓에 지한을 나무라듯 말하는 서현에게 지한은 반가움을 애써 감추려 차게 말했다.

"……여기까지 왜 왔어."

그가 서현에게서 고개를 돌리자, 수척해진 옆얼굴이 서현의 시선에 들어왔다. 뜨거운 눈물이 참을 새도 없이 서현의 볼을 타고 흘러내렸다.

"이제 그만 스스로를 용서해요."

서현이 울먹이며 덧붙였다.

"그리고 아버지에 대한 미움도 내려놔요."

"……그게 무슨 말이야."

하지만 지한은 서현이 무슨 말을 하는지 모르겠다는 듯, 다소 화난 어조로 답했다.

"과거의 그 일로 힘든 사람은 선배뿐만이 아니에요. 상처를 감추고 강한 척만 하려는 아들 때문에 평생 악역만 도맡아 하신 아버님도 많이 힘드셨어요."

"알아듣게 말해."

지한은 화난 말투를 숨기지도 않고 신경질적으로 말했다.

"이렇게 텅 빈 가슴 안고 사는 그 바보 같은 짓 그만두기를, 하늘에 계신 어머니도 바라고 계실 거예요. 그 오래전 기억에 자신을 가둔 채 살지 말아요."

"내가 선택한 인생이야."

"그거 알아요? 그 선택이 아버지, 돌아가신 어머니, 지금의 어머니와 정한이까지 그 모두를 힘들게 하고 있다는 사실을요."

지한이 스스로를 상처 속에 가둔 것이 그의 가족에게 아픔이었노라 말하는 그녀의 목소리가 마치 자신을 질타하는 듯 아팠다.

"⋯⋯하늘에 계신 선배의 어머니는 병원을 찾았을 땐 이미 암세포가 온몸에 전이된 상태였대요. 남은 시간을 병원에서 항암치료로 고통스럽게 보내기는 싫다며 치료를 완고하게 거부하시다가⋯⋯."

"⋯⋯뭐? 잠깐. 그게 무슨 말이야. 어머니는⋯⋯!"

"아버님은 물론이고 특히 선배한테는 자신이 항암치료를 받고 고통스러워하는 모습도, 점점 약해져 죽어 가는 모습도 보여 주고 싶지 않으셨대요. 아픔을 참으며 선배와 최대한 시간을 보내고, 고통이 심해졌을 때는 그림을 그린다고 하곤 이곳으로 멀리 떠나오셨던 거예요. 그러다 운전을 하는 중에 그만⋯⋯."

"그, 그럼 어머니는 이미……."

실로 너무나 아픈 진실 앞에서 당장에라도 심장이 타 재가 되어 버릴 것만 같았다.

"……맞아요. 그리고 어머니께서 아버님께 마지막으로 부탁을 하신 일이 있었어요."

"어머니 장례식도 오지 않은 사람한테 무슨 부탁?"

"그게…… 어머님의 부탁이었어요."

"뭐?"

"아버님은 어머님의 곁을 지키고자 하셨지만, 어머님께서는 아버님께서 그림을 그려 주시길 원하셨대요. 무척이나 보고 싶은 그림이 있으셨던 모양이에요. 그것 때문에 아버님은 어머님의 곁을 지키지도 못하고 그림을 완성해야 했어요. 그리고 아버님은 아마도, 당신이 진실을 알면 어머니가 너무 모질다 생각할까 봐 지금껏 진실을 감추고 혼자 악역을 도맡으셨던 거겠죠."

지한은 한참을 넋을 놓은 채로 앉아 있을 수밖에 없었다. 그런 지한을 아프게 바라보며 서현이 이어 말했다.

"믿는 것은 선배의 몫이에요. 제대로 된 진실이 알고 싶다면 집으로 돌아가면 될 거예요."

"그게 도대체 무슨…… 거짓말이지?"

"이제 모든 걸 내려놓고 용서하세요."

서현의 마지막 말이 심장을 찌르는 것 같았다. 서현은 그 말을 남겨 놓고, 왔던 것처럼 조용히 떠나갔다. 그에게도 생각을 정리할 시간이 필요할 터였다.

탁 하고 문이 닫히며 서현이 떠나가고, 그가 누구에겐지 모를 질문을 내뱉었다.

"그럼 어머니는 그때 이미 나와 이별할 준비를 했던 거예요?"

그동안의 제 슬픔은 뭐였을까. 지한은 그동안 사랑을 믿지 못하며 살아왔다. 하지만 이렇게 큰 사랑 속에서 살아왔다는 걸 알게 되자, 지금껏 사랑을 배척하며 살아온 제 생각이 무척이나 큰 죄로 느껴졌다.

가족, 그리고 서현. 그들에게 너무도 미안했다. 이렇게 사랑받은 줄 알았다면, 저도 사랑을 주었어야 했는데 그러지 못했다.

지한은 슬픔 속에 한없이 무너져 내렸고, 어느덧 어둠이 내린 방 안에는 흐느낌만이 가득했다.

띠링.

인터폰이 울리며 손님의 방문을 알려 왔다. 그토록 기다리던 손님이었다. 윤 화백은 인터폰 화면 속의 손님을 노려보며 문을 열어 줬다.

짧은 한숨을 내뱉으며 긴장을 물리친 윤 화백은 차를 타며 손님을 기다렸다.

달칵. 곧 문이 열리며 지한이 들어왔다.

"잘 다녀온 것 같구나."

"……네."

긴 방황을 한 사람 같지 않게 담담히 인사를 건네는 지한이었다. 하지만 어딘가, 평소보다 편안해 보인다면 착각일까.

지한은 당면한 급한 문제부터 해결할 요량으로 업무 이야기를 꺼냈다.

"저로 인해 업무상 문제가 생긴 것이 있다면 확인하여 처리할 것이고, 그에 대한 벌은 달게 받도록 하겠습니다."

"정한이가 처리했다. 수습이 가능하게는 해 놓았더구나."

"……싫다고 하면서도, 그런 모습은 당신을 닮았으니까요."

자신과 똑 닮아 고집스러움이 그대로 묻어나는 입술로 대답하는 아들 지한을 바라보는 윤 화백의 눈가에 설핏 눈물이 고였다.

"이번은 유독 길었던 것 같구나."

서현을 통해 모든 진실을 들었을 것이었다. 그런데 왜 언급조차 하지 않는 것일까.

윤 화백은 침묵을 깨고 먼저 말을 꺼냈다.

"어쩔 수 없는 일이었다."

"……그 약속이 중요하셨다 이해하려 하는 중입니다."

"숨기고 싶어서 숨긴 것이 아니었어."

"압니다. 하지만 혼란스럽습니다……. 시간이 필요할 것 같습니다."

재킷 안주머니에 넣었던 윤 화백의 손에서 열쇠 하나가 걸려

나왔다.

"……뭡니까."

"그때의 그 그림이 있는 곳의 열쇠다. 세상에 공개하지도 않고 가지고만 있었지. 갤러리 뒤편에 있는 특별전시실에 가 보면 될 게다."

하늘에 있는 아내와의 약속을 지키기 위해 평생 아들의 원망을 감수하며 살아왔던 아버지의 눈가에서 뜨거운 눈물이 왈칵 쏟아졌다. 그를 마주한 지한은 애써 눈물을 참아 내며 말했다.

"원망하는 것이 당연하다고 생각했던 제 탓도 있어요."

"서현이의 일도 그렇고, 차라리 너에게 미리 진실을 밝혔다면 지금과는 다른 삶을 살았을지도 모른다는 생각에 내 자신이 참으로 원망스러워지는구나……."

지한은 지그시 눈을 감고 상상해 보았다. 하지만 그렇지는 않을 것 같았다. 그때 그 사실을 알았어도 또 다른 상처를 받았을 것이었다. 제 곁에서 사랑을 듬뿍 주던 서현이 떠나간 아픔을 겪은 지금이 아니었더라면, 저는 계속해서 진실을 외면했을지도 모를 일이었다.

"아뇨. 그때는 아버지 생각대로, 또 다른 상처를 받았을지도 모릅니다. 지금이기 때문에 이해하려 노력할 수 있는 거예요."

"미안하다."

"당장은 이해한다고 말씀드릴 수 없습니다. 어쨌든 저에게 지금 필요한 건 시간인 것 같습니다. 가 보겠습니다."

지한은 열쇠를 꼭 쥐고는 문을 나섰다.

혼자 남겨진 윤 화백은 얼굴을 뒤덮어 버린 눈물을 그냥 내버려 둔 채 지한이 닫고 나가 버린 문을 한참 동안이나 응시할 뿐이었다.

덜커덩.

듣는 것만으로도 그 무게감이 느껴지는 제법 큼직한 문이었다.

"이런 곳에……."

지한은 조심스럽게 문 안으로 들어섰다. 그러고는 벽면을 짚어 전등 스위치를 켰다. 그러자 보인 것은 자신과 아버지 그리고 하늘로 떠나 버린 엄마가 담긴 그림이었다. 아주 행복하게, 아픔 하나 없이 건강해 보이는 얼굴로 웃고 있는 모습이었다. 하지만 이상한 점은 모두 나이가 든 모습이었다는 거다. 아버지와 자신의 모습이 현재의 모습과 흡사해서, 마치 얼마 전에 막 완성된 그림처럼 느껴졌다. 어머니도…… 나이가 드셨다면 꼭 저런 얼굴이라고 생각될 만한 얼굴이었다. 웃을 때 지는 주름조차 고와서, 그녀의 맑은 성정이 느껴지는, 그런 그림이었다.

'아버님은 어머님의 곁을 지키고자 하셨지만, 어머님께서는 아버님께서 그림을 그려 주시길 원하셨대요. 무척이나 보고 싶은 그림이 있으셨던 모양이에요. 그것 때문에 아버님은 어머님의 곁을 지키지도 못하고 그림을 완성해야 했어요.'

"어째서……."

서서히, 가슴 깊숙한 곳에서 뭉클한 감정이 올라왔다. 지한은 크게 숨을 내쉬고는 그림에 더 가까이 다가갔다. 다가가자 옆쪽에 작게 그림의 제목이 붙어 있었다.

〈행복한 가족〉

지한은 눈에서 뭉클함이 터져 나오는 것을 느꼈다. 소리 없이 그렇게 한참을 속에 있는 것을 비워 내고 있을 때, 그림 아래 놓인 붉은색 상자가 눈에 들어왔다.

조심히 상자를 열자, 안에서 나타난 것은 빛바랜 편지였다. 꺼낸 편지를 바스락거리며 펼쳐 낸 지한은 편지를 다 읽기도 전에 주저앉아 울어 버리고 말았다.

사랑하는 나의 아들 지한아.

이 편지를 읽을 때쯤이면 이 엄마는 너를 저 높은 하늘에서 바라보고 있을 거야. 놀랐지?

어쩌면 엄마를 평생 미워할지도 몰라. 나중에 이 엄마가 아팠다는 사실을 숨겼다고 원망하면 어쩌나 고민도 되고 걱정도 돼. 하지만 우리 지한이에게만큼은 늘 세상에서 가장 아름답고 예쁜 엄마로 기억되었으면 하는 바람을 이해해 줄 날이 올 거라 믿어. 우리 아들은 그런 착한 심성을 가진 아이니까. 그리고 그 마음 그대로 자라 훌륭한 어른이 될 거라고 믿어. 그래 줄 거지?

그림은 내가 눈을 감기 전에 우리 아들의 성장한 모습을 꼭 보고 싶어서 네 아버지께 부탁한 거야. 그리고 남편과 아들이 내가 언제나 곁에 있다는 걸 잊지 않아 줬으면 해서. 나는 어쩌면 그림을 못 보고 먼저 떠날 수도 있겠지만, 하늘 위에서라도 꼭 볼 거야. 그러니까 걱정하지 마.

사랑한다, 지한아.

"네 아버지도 그 그림을 완성시키기 위해 큰 슬픔을 감춘 채 어쩔 수 없는 선택을 하신 거였어."

편지를 읽어 내려가는 지한의 뒤로 담담한 연재의 목소리가 들려왔다.

"……처음부터 다 알고 계셨던 거예요?"

"재혼하면서 모두 들었어. 네 어머니의 암이 이미 너무 많이 진행돼서 병원에서도 어쩌지 못할 상황이었다는 것부터, 그 뒤에 네 어머니가 하신 모든 결정에 가장 강하게 반발하셨으면서도 결국 모두 들어주게 되었던 것까지."

"어째서 그런……."

"사랑하는 사람의 마지막 소원이잖니. 돌이킬 수 없을 만큼, 그리고 손쓸 수 없을 만큼 온몸으로 암세포가 퍼져 있었어. 네 어머니께서는 너에게 항상 건강하게 웃는 모습으로 기억되고 싶었고, 가족이 행복하게 함께할 수 있었을 미래를 꿈꾸고 싶었던 거야. 사랑하는 사람과 행복하고 건강하게 같이 늙어 가는 것 이

상의 행복이 어디 있겠니. 그건 네 어머니의 꿈이지만, 그이의 꿈이기도 했을 거야."

"하……."

"네 어머니께서 요양차 내려가셨던 곳에서 차 사고가 난 것은 정말 불의의 사고였어. 하지만 그이는 그림을 빨리 완성시켜 보여 주지 못했다는 자책감에 그림을 완성할 때까지 네 어머니를 찾아갈 수 없었던 거야. '죽기 전에 꼭 보고 싶다고 했는데.' 하면서 이곳에서 얼마나 많이 울었는지 지한이 너는 상상도 못 할 거다. 나도 그이가 그렇게 울 수 있다는 걸 그때 처음 알았어. 이제는 너무 많이 봐서 울보로밖에 안 보이지만 말이야."

"……그럼 전 대체 지금까지……."

지한은 정리가 되지 않는 듯 말을 채 잇지 못했다.

"지한아."

"나 같은 놈이 뭐가 그렇게 소중하다고 날 위해서 그렇게까지……."

"소중해, 지한아. 나도 네가 이렇게 소중한데, 네 어머니와 아버지께 네가 소중하지 않았을 리가 없어."

'정한이도 얼마나 널 따르는지 알지?' 하며 연재가 덧붙여 말했다.

긴 세월이 지나서야 겨우 마주한 진실 앞에서 지한은 제대로 정신을 차릴 수가 없었다. 하지만 지한은 그것 하나만은 확실히 느낄 수 있었다. 지금은 떠나간 어머니와 지금의 어머니, 그리고 아버지, 정한, 그리고 서현까지. 모두의 사랑 속에서 지금껏 살아왔다는 것을.

지한은 복받치는 감정으로 흐느끼듯 울며 연재를 꽉 껴안았다.

"어머니."

"어서 와, 아들."

마음으로 낳은 제 아들을 마주 안아 준 연재가 지한의 떨리는 등을 조심스레 토닥여 주었다. 엄마의 따뜻한 손길 속에서 지한은 누구의 앞에서도 흘린 적 없던 눈물을 쏟아 내고 있었다. 마치 그 눈물로 그동안의 제 아픔을 씻어 낼 듯이.

지이잉. 지이이이잉.

지한은 연신 울려 대는 진동과 벨소리에 저절로 잠이 깨어 버렸다. 손을 뻗어 휴대전화를 낚아챈 지한은 하품을 하며 통화버튼을 터치했다.

[형, 저예요!]

"……어, 어. 두현아."

수화기에서 반가운 목소리가 들리자, 부스스한 머리를 쓸어 넘기며 정신을 차리려 애썼다.

[급해요, 급하다구요. 지금 자고 있을 때가 아니란 말이죠!]

서현의 동생 두현이 마치 다급한 일이 생긴 것처럼 구는 통에, 지한은 누워 있던 몸을 일으켜 침대 끄트머리에 기대앉았다.

"왜, 무슨 일이야?"

[있잖아요. 누나가……!

"서현이가 왜?"

[오늘 낮에 선봐요.]

"……선?"

[오늘 2시에 H호텔에서요.]

선이라니. 지한은 청천벽력과도 같은 소리에 그만 얼이 빠졌다. 그러면서도 그걸 알려 준 두현의 속뜻이 궁금해 물었다.

"……그걸, 나한테 왜 알려 주는 거야?"

[나는 형 말고 다른 사람이 우리 매형 된다고 생각해 본 적 없단 말이야.]

두현의 칭얼거리는 말에, 두현이 저를 도와주려 한다는 것을 깨달은 지한이었다.

[이대로 누나 포기할 거 아니죠?]

그녀가 선을 보는 것을 미리 알았다고 한들, 자신이 무엇을 할 수 있을까. 그녀는 제가 돌아오길 원하지 않는데. 다시는 더 상처받길 원하지 않는데.

저와의 사랑은 그녀에게 상처뿐이었다. 그러니 오히려 그녀가 좋은 사람을 만나 행복해지면 더 좋을 텐데, 자신에게 그걸 방해할 자격이 있을까?

[누나도 분명 아직 형을 좋아할 거예요. 누나가 돌아올 수 있게 좀 더 믿음을 주라구요!]

두현이의 말대로였다. 그녀에게 변치 않을 사랑으로 믿음을 주고 싶었다.

[뭐해요, 빨리 준비하고 나와요!]

"어, 어, 알았어, 알았어."

지한의 앞에 그녀에게 가는 길이 열린 것 같았다. 지한은 순식간에 준비를 끝내고 그녀에게로 달려갔다.

H호텔 앞에 도착하자 웬 탐정 코스프레를 하고 있는 두 사람이 보였다.

"……그 모습에 대해서 물어보면 화낼 거냐?"

"당연하죠."

쌍둥이들은 구깃구깃한 버버리 코트에 하얀 운동화를 신고, 거기에 엄마 것인 듯한 스카프까지 둘러 멋을 내고 있었다. 그 복장에 기가 막혀진 지한은 고개를 절레절레 저으며 몸서리를 쳤다. 제 운명의 조력자가 이들이라니…….

"미행의 기본은 요거!"

"엑?"

"아, 빨리빨리."

"이, 이걸?"

"아, 쫌!"

"알았어, 알았어."

지한은 별수 없이 쌍둥이가 내민 선글라스를 착용했다. 그러자

기다렸다는 듯, 쌍둥이의 응원이 들려왔다.

"아자! 아자! 윤지한의 첫사랑 사수 미행 성공을 위하여!"

"위하여!"

그래도 조력자가 있다는 게 나쁘지만은 않은 것 같았다.

호텔로 들어서자 순식간에 한 여자가 눈에 띄었다. 하지만 지한은 제 시선에 걸린 서현을 발견하고도 서현이 맞는지 믿을 수가 없었다. 본래의 화사한 피부톤을 살린 복숭앗빛의 화장과 흰색의 정갈한 원피스가 너무도 잘 어울렸다.

쌍둥이도 제 누나를 발견하고는 감탄하는 듯했다.

"아까 아침에 잠깐 봤지만, 저게 우리 누나 맞나 싶다."

"그러게. 저렇게 하니까 우리 누나도 예쁘네."

젠장. 지한은 속으로 욕이 튀어나왔다. 저렇게 예쁘게 꾸미고 딴 남자를 만나러 간다는 것에 피가 거꾸로 솟는 느낌이었다.

제 긴장감을 눈치챘는지, 두현과 수현이 말을 걸어왔다.

"형. 포기하지 말고 가자구요."

"고맙다."

그러나 자신의 곁에서 주먹을 불끈 쥐고 격려를 아끼지 않는 쌍둥이의 모습에, 지한은 다시 한 번 용기를 내기로 했다.

서현의 자리로 진한 머스크향과 함께 한 남자가 다가왔다.

"안녕하세요. 최찬빈입니다."

정장을 제대로 갖춰 입은, 인상이 좋은 남자였다.

서현은 남자가 내민 손을 마주 잡으며 일어나 인사했다.

"네, 안녕하세요. 채서현이에요."

남자가 손짓으로 의자를 가리키며 앉기를 권하자, 다시 자리에 앉은 서현은 남자의 몸에 밴 친절함에 기분이 좋아졌다.

"제가 좀 늦었나요?"

남자가 빙긋 웃으면서 그렇게 말해 오자, 서현은 고개를 작게 저으며 말했다.

"아니에요, 제가 조금 일찍 온 거예요. 오래 기다리지 않았어요."

남자고 지나가는 웨이터에세 메뉴판을 요청해 음료를 주문한 뒤, 주위를 휘휘 둘러보더니 대뜸 말했다.

"……등이 엄청 뜨겁네요."

"등이오?"

"네."

방글방글 웃는 얼굴을 한 남자가 슬쩍 오른쪽 검지를 들어 어딘가를 가리켰다. 그곳으로 시선을 옮긴 서현은 익숙하지만 해괴한 차림을 한 인영들을 발견하고는 반사적으로 들릴 뻔한 엉덩이를 다시 의자에 붙였다.

"남자친구 있는데 선보러 나온 거예요?"

남자가 놀리듯이 말해 왔지만 웃는 얼굴에 나쁜 뜻은 보이지 않았다.

"남자 친구는 아니에요…… 지금은. 그러니까 지금은……."

서현이 대답하기 곤란해하자 남자 먼저 선수 치듯 말했다.

"점심식사는 아주 비싼 거 사 달라고 할 겁니다."

"……넉살 좋으시네요."

"서현 씨가 맘에 안 드는 건 아니지만, 남자 친구 있는 여자한
테는 흥미 없어요. 그리고 세 번쯤 거절하고 나온 선 자리라서
일찍 들어가긴 어렵거든요. 아니다. 점심은 제가 살 테니 거절은
서현 씨 쪽에서 해 줘요."

그렇게 말한 남자는 눈을 찡긋하며 '그래야 내가 덜 혼나거든
요.' 하고 속삭이듯 말했다. 서현은 찬빈이 부담을 덜어 주려 일
부러 더 쾌활하게 굴어 주는 것을 눈치챘다. 참 좋은 남자였다.
서현은 작게 미소 지었다가, 정중하게 사과의 말을 전했다.

"죄송해요."

남자는 흔하게 '괜찮아요.'라는 말 대신 미소 짓는 얼굴로 고
개를 끄덕여 주는 것으로 제 사과를 받아 주었다.

"저 남자의 일방통행인가요? 아니면……."

남자가 제 쪽으로 허리를 숙이며 은밀히 물어 왔다.

"그게……."

도대체 쌍둥이와 지한이 왜 이곳에 왔을까? 쌍둥이가 지한에
게 자신이 선을 본다고 전한 건 예상 가능했지만, 제 예상에 지
한은 진실을 마주한 지 얼마 되지 않았기 때문에 아직 여기 올
상태가 아닐 것 같았다. 벌써 다 털어 버렸을 리는 없고, 진실을

전한 제가 미워서 찾아온 걸까?

"바로 대답 못 하시네?"

"그러니까…… 아닐 거예요."

서현은 저도 모르게 그렇게 대답해 버렸다.

제 마음을 온통 지배하고 있는 '윤지한'이란 남자에게뿐만 아니라 자신에게도 화가 날 정도였다. 게다가 저 차림이라니, 어설픈 탐정 코스프레를 하는 것도 아니고.

"아닐 것이다……. 그래도 저 남자한테 아주 절망적이지는 않은 것 같네요. 그럼 나가실까요?"

밖은 벌써 겨울의 끝자락이었다. 그리 춥지 않았고, 눈 대신 비가 오고 있었다. 잠시 봄비인가 하고 생각했던 그녀는 이내 아직은 이르다고 생각하며 고개를 저었다.

그녀는 윤지한이라는 사람에 대한 걱정을 하지 않기 위해 필사적으로 노력하다가 어느 순간 뜨겁지 않은 사람이 됐다. 그래서 계절이 변하는 줄도 모르고 있었나 보다.

봄. 지한에게는 그분의 기일이 지난 것이었고, 자신에게는 그와 처음 사귀었던 계절이 돌아오는 것이었다.

그들이 향한 곳은 정통 이탈리아 레스토랑이었다. 지나치게 고급스럽지도 않고, 키치하지도 않은 괜찮은 분위기의 가게였다. 넓은 창에 떨어지는 빗방울이 오히려 더 운치 있고 좋았다.

그는 추천메뉴를 안다면서 자연스럽게 주문을 대신해 줬다. 주문을 하고 있는데 입구에 코스프레 삼 형제가 온갖 부산을 다 떨며 들어오고 있었다. 설마 티가 안 날 거라 생각하는 건 아니겠지.

"음식은 어때요? 입에 맞아요?"

"네, 맛있어요. 괜찮은 데를 아시네요."

"나름 알아본 건데, 반응이 좋으니 노력한 보람이 있네요."

"찾아보셨구나. 맛있었어요, 정말로. 감사해요."

"뭘 그렇게 고마워해요?"

"고맙죠. 저 데려오려고 일부러 찾아봐 주신 거잖아요."

'계속 미행이 쫓아다녀서 불편하실 텐데…….' 서현이 작게 덧붙이자 찬빈이 살짝 웃었다.

"……그림자가 참 짙나 보네."

"그림자요?"

그가 꺼낸 말에 서현 눈을 동그랗게 떴다.

"저 남자의 그림자요. 서현 씨한테 그림자처럼 붙어서 떨어지지 않잖아요. 지금 온 신경이 거기 가 있는 것 같아요."

"아…….."

찬빈이 눈치를 챌 만큼이면, 함께 식사를 하는 데 불편을 준 건 아닐지 미안해졌다.

"미안해하지 말아요. 난 그냥 궁금해서."

그가 어깨를 으쓱이며, 서현에게서 음식이 담긴 그릇으로 시선을 돌렸다.

"별거 아니에요. 이미 엎어졌는걸요."

"그래요? 보이지 않는 적이 더 무서운 건데."

그는 제 스테이크 그릇을 번쩍 들어 가져가더니 스테이크를 썰며 그렇게 말했다, 시선은 스테이크에 꽂힌 채였다.

"들어요."

찬빈이 썰어 둔 스테이크를 가리키며 말했다. 그는 정말 매너가 좋았다. 하지만 그럴수록 말없이 저를 챙겨 주던 지한이 떠올랐다. 지한은 제 파스타 그릇 앞에 있는 스테이크를 썰어, 티도 내지 않고 말없이 그냥 놔두었다. 포크로 찍어서 입에 넣어 주는 살가운 짓도 하지 않는 남자였으니까. 파스타를 먹던 내가 뒤늦게 눈치를 채고 고맙다고 말해도, 그저 자기가 더 먹으려고 잘라 둔 거라는 소리만 하던 사람이었으니까.

"맛있게 드셨어요?"

어느새 찬빈의 접시가 거의 비어 있었다. 반면 저는 반도 먹지 못한 채였다. 찬빈이 이어 말했다.

"더는 안 드시는 것 같아서. 못 드실 것 같기도 하고."

"아……."

"일어나시죠. 약속대로 어르신들께는 꼭, 서현 씨가 거절한 거라고 해 주세요."

찬빈이 장난꾸러기처럼 웃어 보이며 계산대로 갔다.

"아, 제가……."

미안한 마음에 계산하려는 찬빈을 붙잡으려 했지만 찬빈이 단호하게 거절했다.

"약속, 꼭 지켜 주세요."

"……네. 잘 먹었습니다."

서현이 고개를 꾸벅여 보였다.

계산을 하고 나오며 찬빈이 물었다.

"난 서현 씨 맘에 들어요. 서현 씨는 저 남자 잊을 자신 없어요?"

자신에 대한 기대는 처음부터 접은 줄 알았었다. 갑작스러운 질문에 서현은 선뜻 대답을 못 하고 서 있었다. 하지만 찬빈의 진지한 눈을 보자, 그에게 꼭 진심으로 대답을 주고 싶었다.

제 진심 어린 대답에 찬빈은 웃는 낯으로 '어쩔 수 없죠.' 라고 말하며 어깨를 으쓱여 보였다. 거기서 찬빈과는 바로 헤어졌다. 좋은 사람이었다. 분명 좋은 남자친구가 될 수도 있었을 것 같다. 하지만 찬빈에게 한 대답만이 지금의 제 진심이었다.

'제가 버릇처럼 하던 말이 있는데요. 아파도, 그게 내 사랑이라서 견뎌 내어 볼까 해요. 아직은 지울 수 없나 봐요, 그 사람을.'

서현은 찬빈과 헤어져 집으로 향했다. 흐릿한 하늘에선 아직도 비가 내리고 있었지만 기분은 나쁘지 않았다.

찬빈은 좋은 사람이었다. 지한이 아니었다면 그런 다정한 사람

과 연애를 하고 있었을까? 하고 의문을 띄워 보았지만, 서현은
그런 제가 도저히 상상이 되지 않았다.

그랬다. 서현에게는 지난 6년, 그 전부터 오직 지한뿐이었다.
인기가 많던 그를 남몰래 좋아하다가 그가 사귀자고 제안했을 때
얼마나 기뻤던가.

지한은 겉으로는 다정하지 않았지만, 그래도 항상 저를 생각하
고 챙겨 줘 왔었다. 그걸 언뜻언뜻 느낄 때마다 제 마음이 따뜻
해졌었다. 물론 지한은 그런 내색을 하지 않았지만, 서현은 그래
도 제가 사랑받는구나 싶었다.

하지만 언제까지고 그는 내색을 하지 않았을뿐더러, 마치 사랑
하지 않는 것처럼 굴었다. 제 마음이 깊어질수록, 지한은 자신을
멀리했다. 제 손길이 닿으면 소스라치게 놀라는 일도 잦았다.

제 사랑은 점점 더 깊어져 가는데, 그는 변하지 않는 것만 같
았다. 오히려 더 차갑게 대하는 듯도 했다. 그래서 이별했다. 너
무 아파서, 더는 아프기 싫어서. 사랑이 깊어지는 나는 언제까지
고 변하지 않는 지한의 곁에 더 있을 수가 없었다.

저를 뒤따라오고 있는 발걸음이 느껴진다. 싫지 않다. 그렇게
쫓아가려 애쓸 때는 도망가더니, 뒤돌아서니 이젠 그가 저를 쫓
아오고 있었다.

물론 '이제 와서'라는 생각도 들었다. 그에게 다시 흔들리는
제 마음이 밉기도 했다. 어떻게 떠났는데, 얼마나 아파했는데! 상
상도 못 할 만큼 힘들게 사랑을 내려놓은 자신을 흔들어 대는 그

가 원망스러웠다.

"하아."

순간 서현은 울컥 눈물이 차올랐다. 입술을 꼭 깨물었지만 눈에서는 기어이 눈물이 흘렀다. 눈물이 차올라 시야가 흐려졌다. 그러곤 별안간 서현의 눈앞이 꽉 닫혔다.

"서현아."

"……윽."

"채서현!"

멀어져 가는 정신 사이로 무척이나 다급한 발걸음 소리가 들리고, 마치 울듯이 걱정스러운 눈빛을 한 지한을 본 것도 같았다. 그리고 아무것도 보이지 않는 어둠 속에서 자신의 이름을 애타게 부르는 그의 목소리가 들려왔다.

"이게 무슨 일이야!"

지한이 서현을 업고 들어가자, 수현과 두현을 통해 이미 소식을 전해 들었을 소영과 동현이 크게 놀라며 외쳤다.

"서현이가 길을 가다가 갑자기 쓰러졌어요. 병원에 갔는데 과로라고 해서…… 링거 잠깐 맞게 하고 데려왔습니다."

동현이 재빨리 지한에게서 서현을 빼앗아 안고는 서현의 침실로 향했다. 동현이 침대에 서현을 눕히는 걸 지한은 물론 가족

211

모두가 지켜보고 있었다.

동현이 서현의 목 끝까지 이불을 꼭꼭 덮어 주고는 모두를 물리며 서현의 방에서 나왔다.

그러곤 동현이 방문을 조심스레 닫은 뒤 냉기 서린 목소리로 말했다.

"설령 서현이가 허락해 준다고 해도 나는 절대로 허락 못 한다고 말했지."

"죄송합니다."

그때, 서현의 엄마 소영은 화가 난 목소리로 끼어들었다.

"죄송? 서현이가 누구 때문에 밤마다 잠도 제대로 못 이뤄서 과로로 쓰러진 건지 몰라서 하는 말이야?"

그때, 집안이 떠나가도록 날카롭고 둔탁한 소리가 울렸다.

짜악.

말릴 틈도 없이 지한의 고개가 돌아갔음을 인지한 동현의 목소리가 커졌다.

"어머니!"

소영은 얼굴도 눈도 붉어져 금방이라도 눈물을 쏟을 것 같았다. 소영의 분노가 여실히 드러나는 모습에 동현이 소영을 붙잡고 밖으로 이끌었다.

"잠깐 나가요. 네?"

"내가 왜!"

"엄마, 지금 너무 흥분하셨어요. 잠깐 나가서 바람 좀 쐬고 와요. 수현아, 두현아!"

동현이 다급하게 쌍둥이에게 도움을 청했다.

"일단 나가서 우리랑 이야기해요."

쌍둥이도 합세해 소영을 데리고 밖으로 사라졌다. 동현이 지한에게 작게 '들어가 봐, 어서.' 하고 말하곤 재빨리 밖으로 나갔다.

"고맙습니다."

지한은 문가에 대고 작게 감사인사를 했다.

끼익.

침대 위에 편안히 누워 깊은 잠에 든 것 같은 서현의 모습을 발견하자마자 눈물이 쏟아질 것 같았다. 그녀가 규칙적인 숨소리를 내뱉으며 깊게 잠든 모습을 보니, 그동안 얼마나 힘들었으면 제대로 잠도 못 이뤘을까 싶었다.

"아직도 그렇게 혼자 아파했던 거였어."

목에 있던 눈물을 삼키며 지한이 그렇게 읊조렸다.

들여다본 서현의 얼굴은 많이 상해 있었다. 퇴근해 집에 오고도 새벽까지 불이 꺼지지 않던 서현의 창을 매일같이 지켜봤었다. 그녀가 쓰러진 게 저 때문이었다니. 헤어지고도 그녀를 아프게 했던 거였다.

"나를 밀어내는 일도 쉬웠던 게 아니었던 너를 내가 또……."

지한은 제 슬픔도 감당 못 하면서 서현의 슬픔까지 감당하려했던 제가 얼마나 어리석었는지 뼈저리게 깨닫고 있었다.

"다시 돌아와 달라는 내 말을 단호하게 거절하던 네가 야속했었는데, 이별한 뒤에 너도 나처럼 이렇게 혼자 아팠던 거니?"

지한은 손을 들어 서현의 머리칼을 쓸어 올렸다.

"잘 자, 서현아."

탁. 문이 닫히는 소리에 천천히 감은 눈을 뜨는 서현이었다.

지한이 떠나간 방 안에는 수많은 상념들이 자리를 잡아 버렸다. 이제는 사랑하기 두렵다고 도망만 다니는 자신의 곁에, 돌아와 사죄하는 그의 사랑이 아팠다. 서현은 외면하고 싶은 듯, 이불 속으로 얼굴을 감추어 버렸다.

"밥이나 먹고 다니든지, 몰골이 그게 뭐니? 서현이가 눈뜨면 그 모습 보고 참 좋다고 하겠다."

소영은 쌍둥와 동현과 나갔다 온 뒤에는 마음이 좀 가라앉은 듯했다. 흥분을 가라앉힌 소영의 눈에 그제야 볼이 쏙 들어가 사람 몰골이 아닌 데다 비에 쫄딱 젖어 있는 지한이 들어온 것이었다. 서현이 거의 젖지 않은 걸로 봐서는 제 외투로 서현을 감싸고 저는 쫄딱 젖어 가며 병원에서 집까지 온 듯했다.

게다가 소영이 올려붙였던 뺨이 붉게 부어올라 있었다. 화가 나 덜덜 떨리던 손으로 올려붙였던 터라 심한 상흔은 아니었지만, 그래도 지한의 한쪽 뺨은 태가 날 정도로 붉게 부어올라 있어, 소영의 마음이 슬며시 누그러졌다.

소영은 그를 보자 순간 울컥했다. 이럴 거면 처음부터 제 딸한테 상처 주지 말지. 야속한 마음이 들어, 고마우면서도 그렇게 톡 쏘아붙인 것이었다.

"……죄송합니다. 그러도록 할게요."

"밥 차릴게, 먹고 가. 그래도 서현이 데리고 병원에서 집까지 고생했는데, 밥도 못 먹이고 보낼 순 없잖니."

"……감사합니다."

그런 소영과 지한 바라보고 있는 동현의 눈가에는 웃음이 그득했다. 자신의 마음까지 흔들어 놓은 이 녀석의 진심이, 드디어 엄마 소영의 마음도 녹게 했다는 것에 참으로 기특하게 느껴졌기 때문이다.

어머니께서 밥을 차려 주시는 동안, 잠시 동현이 지한을 이끌고 자신의 방으로 향했다.

"진짜, 난놈이라니까."

"……지금껏 현명하지 못했잖아요."

"알긴 아냐?"

"네."

"진짜 세상 오래살고 볼 일이네."

"뭐가요?"

"너같이 사랑에 관심도 없던 녀석이 내 동생이랑 연인 관계였다는 것도 놀라웠지만…… 너가 결국, 진짜 사랑을 알게 됐다는 게 가장 놀랍다."

"맞아요. 저도 놀랍지만, 사랑이네요."

"바로 수긍하고 인정하는 모습, 참 안 어울리거든?"

"……저도 이상해요."

"그렇다고 해서 내 동생이 아파했던 시간들에 대해서 용서를
한다는 건 절대 아냐!"

"그건 항상 마음에 새기며 살겠습니다."

"내 동생 여럿 사람 만드네."

"서현이 덕인 것 같아요."

"맞아. 그 녀석은 나도 사람 만들어 줬거든."

"형을요?"

아버지가 빚에 쫓기다 돌아가시고 자신도 크게 방황을 했었다.
그때 자신도 지금의 지한만큼이나 서현을 힘들게 했었을 것이라
는 생각이 들었다.

"응. 너가 알고 있는 범생이 학생회장의 모습이 전부가 아니었
던 시간도 있었어."

"……믿기지를 않네요."

"아마 너도, 그리고 나도 그 녀석이 없었다면 여전히 가시 돋
친 채 살아가고 있었을 거야. 그 마음엔 절망뿐이었겠지."

상처받은 그들을 치료해 준 것은 누군가에게는 가족, 누군가에
게는 연인이었다. 서로 다른 이름이지만 결국 같은 사람인 '서
현'을 만나 치유받은 것이었다.

"숨겨진 아픔을 누군가 알게 되면 더 덧났을 거였을 테고요……. 가까스로 찾은 빛을 외면해 놓고, 그 빛을 다시 찾길 바라는 바보라서, 제가 참 한심해요."

하지만 지한은 뒤늦게 깨달은 사랑이기에 더 소중했던 것이고, 그 때문에 그 사랑을 다시 찾기 위해 노력했고 노력할 것이었다.

"이제부터 다시 노력해 봐. 물론 결과는 장담 못 하겠지만, 방해는 안 하마."

"고맙습니다, 형."

"정말 안 어울리게."

그렇게 말하면서도 동현은 지한이 보여 주는 행동이 진실 되게 느껴지기 시작했다. 그래서였을까. 동현은 이제 그를 응원해 주고 싶었다. 지한과 서현이 다시 연인으로 거듭날 수 있으면 좋겠다는 바람을 가져 보는 동현이었다.

밖에서 소영이 밥 먹자며 부르는 소리가 들렸다. 지한과 동현은 맛있는 냄새를 맡으며 거실로 향했다.

별것 없다더니, 소영이 차려 낸 상은 상다리가 부러지도록 갖가지 반찬들로 채워져 있었다.

"……이렇게까지 안 챙겨 주셔도 되는데요……."

지한이 상 앞에 앉아 젓가락도 들지 못하고 감읍한 표정으로 상을 내려다보며 말하자, 소영이 어서 먹으라는 듯이 수저를 지한에게 쥐여 주며 말했다.

"많이 먹어. 너라도 기운 내야지."

지한은 차마 고개를 들어 소영을 마주 보지도 못한 채, 고개를 꾸벅 숙이곤 밥을 크게 한입 떠 넣었다. 더불어 반찬 몇 가지를 입에 넣어 몇 번 오물대던 지한은 그제야 웃는 낯이 되었다.

"정말 맛있어요, 어머니."

지한이 맛있게 먹는 모습을 지켜보던 소영, 그리고 수현, 두현 쌍둥이와 동현도 이내 수저를 들고 식사를 시작했다. 마치 온 가족이 모여 단란하게 식사를 하는 듯한 모습이었다.

"내일 또 올게. 잘 자."

식사를 마친 지한은 떠나기 전에 서현의 방에 다시 들어왔다. 그녀를 한동안 지그시 바라만 보다가, 그녀의 흐트러진 머리를 쓸어 주곤 떠나려 할 때였다.

"오지 마요."

자신을 향한 서현의 목소리를 믿을 수 없다는 듯, 지한은 그대로 얼어붙어 버렸다.

"서현아."

"놀라게 해서 미안해요. 사실은 나, 아까부터 다 듣고 있었어요."

지한은 그대로 가만히 그녀가 할 말을 기다려 주었다.

"나, 괜찮아요. 미안했던 오래전 시간들에 대한 예의라면, 이

제 미안해하지 마요. 아파도 그냥 내가 아픈 거야."

서현은 덜컥 솟아오를 것 같은 눈물을 꾹 눌러 참고자 애를 썼다. 그런 그녀에게 지한이 다가와 침대맡에 무릎을 꿇었다.

"아프잖아. 내가 나쁘다고 욕해도, 이기적이라고 욕해도 괜찮아. 그리고 내게 끝없는 기다림이 되어도 괜찮아."

그러곤 지한이 서현의 손을 꼭 잡아 왔다.

"이거 놔요."

"아프지 마."

"놓으라고…… 이러지 마."

"내가 없는 곳에서 혼자 아프지 마. 서현아."

제 이름을 부르는 지한의 목소리에 서현은 왈칵 눈물을 쏟아 냈다. 지한은 우는 서현의 손을 따스하게 잡은 채로 마법을 걸 듯 계속해서 말했다.

"흐……으윽."

"너만이 필요해."

"선배."

"너만의 내가 돼서 언제까지고 널 지켜 주고 싶어."

지한이 간절한 목소리로 말해 왔다. 그에 서현은 도망치고 싶은 기분이 되어 버렸다.

"제발……."

"부탁이야, 날 용서해 줘. 그리고 갚게 해 줘. 이제는 슬픔에 울지 않았으면 좋겠어. 행복해서 울었으면 좋겠어."

그의 간청에 서현은 심장이 죄어들어 터질 것 같았다. 서현은 이제 어깨를 떨 정도로 울고 있었다. 지한이 조심스럽게 서현을 안아 왔다. 너무나도 조심스러운 손길이었다.

"……바보 같아요."

"응. 난 바보야."

서현을 안고 있는 지한의 눈에도 눈물이 그렁그렁했지만, 입꼬리는 자꾸만 올라갔다. 지한은 지금의 제 감정을 솔직히 말했다.

"좋다."

뭐가 좋은지 알 수 없었다. 그냥 이 온기도, 지금 이 순간도, 서현도 모두가 다 좋았다.

"좋아해."

지한의 품에 안겨 있던 서현에게선 잠시간 말이 없었다.

"……천하의 윤지한 씨께서 이런 이야기 하는 거 사람들이 알면 진짜 웃기겠다."

서현은 지한의 말을 거짓말이라고 매도하지 않았다. 진심이 전해진 것이었다. 지한은 벅차오르는 기쁨에 안고 있던 그녀의 어깨를 잡고는 저에게서 떼어 냈다.

쪽.

비록 짧은 순간에 일어난 일이었지만, 서현은 가까이 다가오는 지한의 얼굴을 손바닥으로 재빠르게 밀어내며 저항의 뜻을 밝혔다. 손바닥으로 입술을 막아 낸 서현은 매섭게 지한을 노려봐 주었지만, 그다음 지한에게서 나온 말은 더 가관이었다.

"그렇게 귀엽게 올려다보면서 따진 사람이 잘못이지."

빙글거리며 오히려 서현 탓을 하는 지한이었다. 서현이 일부러 지어 보였던 매서운 눈초리를 풀자, 지한이 진지하게 눈을 맞춰 왔다.

"……채서현의 모든 것에 굶주린 윤지한이었으니까."

"네?"

지한은 마치 그녀의 입술이 열리기를 기다렸다는 듯, 서현의 허리와 목덜미를 휘어 감으며 몸을 끌어당겼다.

그리고 지한은 그대로 그동안 너무나도 간절히 원했던 것을 입에 품었다. 달콤하고 말캉한 혀를 공략하자 서현이 속절없이 무너져 내렸다. 서현은 서서히 숨 쉬기가 힘들어지며 머릿속이 하얗게 변해 왔다. 제 입안에 들어온 지한의 따뜻한 혀가 저를 달래듯 입안 곳곳을 쓸었다.

이내 떨어진 지한의 입술에서 서현이 그렇게나 오래도록 기다렸던 말이 나왔다.

"……사랑해."

서현의 눈이 크게 뜨여지고, 마치 꿈을 꾸는 것 같은 얼굴이 되었다.

"사랑한다. 채서현."

아니, 서현만이 바랐던 게 아니었다. 지한도 이 말을 할 수 있기를 오래도록 바라 왔었다.

"사랑해 줘서 고마워."

자신을 사랑해 줘서 고맙다는 고백을 끝으로 지한이 다시 뜨겁게 입을 맞춰 왔다.

사랑은 사치라 여기며 사랑하는 여자에게 상처를 주었던 윤지한
은 제 인생을 밝게 비추어 줄 수 있는 봄볕 같은 존재인 채서현이
돌아와 주었음에 가슴 깊이 뜨거운 그리움이 채워지는 것 같았다.

지한이 서현의 방 안에 들어간 뒤 다소 소란한 소리가 들리자,
걱정이 되었던 수현과 두현 쌍둥이는 둘의 일에 괜히 나서지 말라
던 동현과 엄마 소영 몰래 슬그머니 서현의 방문을 열어 보았다.

불을 켜지 않아 방이 어두웠기 때문에, 바로 방 안을 들여다보
는 데는 어려움이 있었다. 다투듯이 이어지는 두 사람의 목소리
에, 쌍둥이는 눈을 끔뻑거리며 어서 어둠에 적응하려고 애썼다.

그러자 어느 순간 시야에 잡힌 것은, 어느새 말싸움을 멈추고
한데 엉겨 껴안고 입을 맞추는 지한과 서현이었다.

충격적인 장면을 목격한 쌍둥이는 아무 말 없이 조심스럽게
방문을 닫았다. 닫힌 서현의 방문 앞에서 수현과 두현 쌍둥이는
서로를 마주 보았다. 그러곤 말없이 단호한 눈동자를 빛내며 서
로가 평생 이 일을 함구할 것을 다짐했다.

5장

그녀를 따라서(After_Rain)

"그래서 이번 입찰 건은 어디로 흘러가는 것 같습니까?"

"……프랑스 앤티크(Antique) 사 측에서는 아직 별 움직임이 없는 것 같습니다."

"앤티크 사 측에서 이번 입찰에 참여 안 할 리가 없어요. 분명 밑에서 움직임이 있을 거예요. 항상 주시하세요."

"예."

"또한 그림이라는 것은 어떻게 전시하고 홍보하느냐에 따라 다르게 느껴지기 때문에, 경쟁력을 위해선 우리의 전시와 홍보를 보다 고급스럽고 알차게 준비해 둬야 합니다."

그 어느 때보다도 주도면밀하게 모든 상황을 분석하고 예측하며 회의를 이끌어 가는 지한을 바라보는 팀원들의 눈에 감탄이 흘렀다.

하지만 그때, 갑작스러운 노크 소리에 모두의 긴장이 일순간에 깨졌다.

"뭡니까."

지한은 집중해서 일하는 중에 방해받는 것을 무척이나 싫어했다. 분명 그걸 잘 알고 있을 비서가 왜 갑자기 회의 중에 들어온 것일까? 모두가 긴장 속에서 상황을 주시하고 있었다.

"……죄송합니다."

"무슨 일이죠?"

"저기 그러니까……."

"죄송한 줄 알면서 노크를 한 이유가 뭐냐고 묻고 있습니다."

역시나. 지한은 최대한 화를 억누르고 있는 듯했지만, 말투만은 뾰족하게 날카로운 가시가 돋쳐 있었다.

"채, 서현 씨."

"네?"

"연락 오면 바로 전달해 달라고 하셨던 채서현 씨 연락입니다."

비서가 금방이라도 눈물을 쏟아 낼 듯 울먹이며 말하자, 모두의 걱정을 배반하며 믿을 수 없는 일이 벌어졌다.

"……잠시 전화 좀 받겠습니다."

지한이 그렇게 말해 왔던 것이다.

지한이 회의 중에 연락을 받다니, 분명 일적으로 엄청나게 급한 전화임에 틀림이 없었다. 회의실 안의 모두가 그렇게 생각을 했다.

"아, 그, 그럼 연결을……."

"빨리 연결하세요."

"아, 네, 네."

"잠시 실례 좀 하겠습니다."

회의실 안의 모든 사람들은 회의 자료를 뒤져 보는 척하며 통화 소리에 귀를 기울이고 있었다.

"응, 서현아."

모두가 그 말에 경악을 금치 못했다. 너무나 다정하다 못해 달콤하게까지 느껴지는 말투였던 것이다. 천하의 윤지한에게서 달콤한 목소리라니. 게다가 화룡점정으로 얼굴에 피어난 온화한 미소까지! 회의실의 모두가 경악을 금치 못했다. 사람이 어떻게 이렇게까지 변할 수 있단 말인가!

사랑은 위대하다. 말 없는 경악 속에 모두가 사랑의 위대함을 다시금 깨닫고 있었다.

[회의 중 아니었어요? 회의 중이라는데 최 비서님이 연결해 준다고 해서…….]

"……응. 통화 길게는 못 해."

[응. 다른 게 아니라, 오늘 야근할 것 같아서. 한 시간만 늦게 데리러 오라구…….]

짧은 통화를 마친 지한이 좌중을 둘러보았을 때는 이미 사랑하는 연인과 통화를 하던 남자의 모습은 사라진 뒤였다.

"미안합니다. 회의 계속 진행합시다."

S갤러리 직원들의 경악 속에, 지한은 차근차근 변해 가고 있

었다. 그녀를 위해서라면 싫어하는 일도 기꺼이 감당할 수 있을
만큼의 용기를 가지게 되었기 때문이다.

"뛰어오지 말라니까."

건물 입구에서 서현이 뛰어오는 게 보이자 지한의 미간이 살
짝 좁혀졌다. 그러면서도 그녀가 제게 달려오는 것이 어쩐지 기
쁜 마음이 들기도 했다.

"안 뛰었어요. 빨리 걸은 거예요."

"퍽이나."

숨을 몰아쉬면서도 그렇게 변명하는 게 마냥 귀여워서 이마를
살짝 밀어냈다.

"아니거든요!"

서현이 두 손으로 이마를 가리며 토라진 듯 대꾸했다.

언제부터였는지, 어디서부터였는지 모르지만 이미 사랑이었다.
그걸 인정하기까지 오랜 시간을 돌고 돌았지만 겨우 여기까지 왔
다. 지한은 귀여운 서현의 모습에 절로 웃음을 흘렸다.

"웃지 마요."

"안 웃었거든."

"퍽이나!"

토라진 그녀의 어깨를 감싸 안으며 차로 이끌었다. 이제 완연

한 봄이었다.

"좋다."

"……그런 말 어색하거든요?"

"그래?"

"조금요."

"그래도 좋아. 괜찮아."

지한은 혹여 제가 늦어 버리는 바람에 이 기분과 이 행복한 감정을 되돌리지 못했다면 어땠을까 하는 생각이 들어 괜스레 울컥해졌다. 붉어진 눈시울을 진정시키느라 애를 쓰던 지한은 이내 곧잘 감정을 드러내게 된 자신에게 놀라고 있었다.

그녀의 집 앞, 세운 차 안에서 서현과 작별키스를 한 지한은 그녀를 꼭 껴안으며 무겁게 입을 열었다.

"……서현이 네가 그동안 아파했던 시간들에 대한 보상이…… 내 행복을 반으로 줄이는 것으로라도 채울 수 있다면 좋겠어."

"그건 이상해요."

"나를 버려도 너만은 지키고 싶어질 만큼 너한테 감사해."

"우와."

"……적응 안 되지? 나도 내가 이런 말을 이렇게 아무렇지 않게 할 수 있는 사람인가 싶기도 해. 그래도 어렵게 다시 얻은 내 사랑, 이젠 어디에도 보내지 않을 거니까. 그러니까…… 그런 눈 그만하지?"

요즘 제게 사랑을 속삭이는 지한을 보다 보면 서현은 놀라움 뒤로 걱정스러운 마음이 들기도 했다.

"안 하던 짓 하니까 그렇죠. 적응하는 중이긴 하지만……."

"그것도 미안해. 미리미리 솔직하지 못했어서."

"아니에요. 낯설지만 반갑고…… 또 설레는 걸요."

서현이 쑥스럽다는 듯 제 품에 더 깊이 파고들었다. 지한은 그런 서현이 정말 사랑스러워 죽겠다는 듯 더 꽉 끌어당겨 안았다.

이제야 겨우 되돌린 사랑에 마음이 따뜻해져 왔다. 참으로 행복했다. 지한은 이 행복이 영원하기를 기도했다.

❖ ❖ ❖

"서현아."

"……"

지한은 너무나 평온한 얼굴로 잠이 들어 버린 서현의 모습을 발견하자 저절로 입꼬리가 올라갔다.

"많이 피곤했나 보네. 너 좋아하는 빗소리도 못 들을 만큼 말이야."

후드득 차체에 빗물이 떨어지는 소리가 불규칙적으로 들려오기 시작했다. 고요한 행복 안에 사랑한느 사람과 함께 있다는 사실에, 지한은 새삼 감사하게 된다.

"오늘은 비오는 날 손잡고 걷고 싶다는 투정을 못 듣네."

비를 좋아하는 그녀는 늘 한 우산 아래에서 다정히 손을 잡고 함께 걷고 싶다고 말하곤 했다. 그런 그녀가 떠올라 미소 지은 지한은 조심히 차를 세웠다.

"서현아, 채서현~ 지금 비 온다. 좀 일어나 보지."

"……응……."

그녀가 뒤척이며 웅얼거렸다.

"비 와."

그렇게 말하자, 그녀가 곧 정신을 차리는 듯했다.

"비?"

그러고는 감은 눈을 떠 자신을 바라보는 서현의 그 눈빛이 참 예쁘다 생각하게 된다.

"응. 비 온다. ……우리, 우산 쓰고 잠깐 걸을까?"

비 오는 거리를 걷자는 제안에 서현은 잠시 생각하는 듯하더니, 이내 아이처럼 기분 좋게 웃으며 고개를 끄덕여 보였다. 정말 끌어안아 주고 싶을 정도로 귀여운 모습이었다.

"진짜 좋다."

빗물이 세상을 적시는 소리가 이렇게 다양했나 싶을 정도로, 세상 곳곳에 내려앉는 빗소리는 다양했다. 서현과 지한은 손을 꼭 잡고 걸으며 만족스러운 얼굴로 서로를 쳐다보았다.

"그렇게 좋아?"

"이렇게 한 우산 아래서 지한 선배랑 손잡고 비 오는 거리를 거닐면 어떤 기분일까 했는데, 상상했던 것보다 훨씬 좋아요."

지한 또한 이 기억을 오래도록 간직하고 싶을 만큼 좋았다.

"나도 좋네."

"……비 오는 거리에 오래 걷는 건 시간낭비라고 누가 예전에 나한테 그랬을걸요?"

"그랬어? 누구야? 이렇게 좋은 걸."

"……남 말하듯이 하네요?"

"흠흠."

지한이 목을 가다듬으며 부끄러움에 얼굴을 빨갛게 물들었다. 그런 그의 모습을 처음 보게 된 서현도 두근거림에 덩달아 얼굴이 빨갛게 달아오르는 것 같았다.

"그렇게 자꾸 놀린다 이거지!"

지한이 그대로 우악스럽게 서현의 허리를 감싸 안았다. 한 우산 아래서 더 가깝게 붙은 그들은, 그렇게 서로의 체온을 나누고 있었다.

"서현이 너를 안으면 이렇게 따듯한데, 왜 진작 그걸 몰라서 너를 아프게 했을까."

"……선배가 바보라서 그렇죠."

"나 혼자서라면 아무것도 아닌 일들이, 너와 함께하면 특별한 의미가 돼."

지한은 원래 비 오는 날을 특별히 좋아하지 않았다. 하지만 비 오는 날을 좋아하는 서현 덕에 비 오는 날에 특별한 추억들이 생겼고, 덩달아 비 오는 날을 좋아하게 되었다.

"용서받기를 잘한 것 같아."

"참 잘했어요, 윤지한 어린이."

저를 다시 받아 준 서현이 정말 고마웠다.

"가끔 이 행복이 꿈이 아닌가 싶어."

"꿈 아니에요…… 그러니까 그런 말 하지 말아요."

하지만 지한은 서현의 따뜻한 체온에 갑작스레 감정이 북받쳐 올라왔다. 통제 불능의 장난꾸러기가 엄마 앞에서는 한없이 여려 져 울보가 되듯이, 지한도 서현 앞에서는 한없이 감정적이 되었다.

"쉿, 괜찮아요. 괜찮아. 이젠 정말로 내가 이렇게 앞에 있잖아."

서현은 지한이 그간 홀로 괴로워하던 시간이 그만큼이나 힘들 었다는 것을 알게 됐다. 지한은 제게 용서받아서 다행이라고 했 지만, 서현은 그를 용서해 줘서 다행이라는 생각이 들었다.

어느새 서현의 눈에도 눈물이 아른거리기 시작했다.

"……나 지금 바보같이 울었던 거 기억해 뒀다가 두고두고 놀 려도 돼."

"기억할게요. 앞으로도 이렇게 매 순간 느끼는 모든 감정들을 다 말해 줘요, 그거면 돼."

"참 오래 걸렸다. 그렇지?"

"그러게요."

지한과 서현을 세상으로부터 분리해 주고 있던 우산이 갸우뚱 기울어졌다. 그러더니 서현에게 다가온 지한이 깊게 입을 맞춰 왔다. 서현은 입에 닿은 뜨거움에 눈을 커다랗게 떴지만, 지한은 멈추지 않았다. 한참 뒤에야 떨어져 나간 지한은 웃고 있었다.

"언제까지 놀란 토끼 눈을 하고 있을 거야."

"그렇게 자꾸 기습적으로 다가오면 놀랄 수밖에 없죠!"

키스만으로도 당황한 자신을 놀리는 지한에게 톡 쏘아붙인 서현은 홱 돌아서려다 그대로 다시 지한에게 붙잡혔다. 붙잡힌 손목이 뜨거웠다.

"이제 안 놀라게, 적응시켜 줄게."

짓궂은 말투와는 다르게 지한의 표정은 진지했다. 간신히 끌어올린 입꼬리는 농담을 말하려던 듯도 했지만, 눈빛만은 달랐다. 결심을 굳힌 듯 단호함이 서려 있는 눈동자는 불같이 활활 타오르고 있었고 붙잡은 손에는 더욱 힘이 들어갔다. 서현도 덩달아 긴장하며 그저 지한의 다음 말을 기다리고 있을 뿐이었다.

"허락해 줘."

"네?"

"이전에는 내 감정을 깨닫지 않으려고만 했고, 너에 대한 마음이 깊어지면 깊어질수록 오히려 더 멀리하려 했어. 너에게 닿으면 너무 좋아서 닿지 않으려고만 했어. 너무 좋아서. 너에게 닿는 게 너무 좋아서 위험하다고 생각했거든. 하지만 이제 나는 내 마음을 확신해, 서현아. 온 마음을 다해, 온몸을 다해 내 사랑을 너에게 보여 주고 싶어."

아아. 서현의 입에서 알 수 없는 신음이 새어 나왔다.

그는 지금 사랑하는 여자를 온 마음과 온몸을 다해 사랑할 기회를 달라고 말하는 것이었다. 서현은 지한의 눈에서 읽히는 애정과 간절함에 결국 참던 눈물을 흘려 버렸다.

"선배……."

"널 사랑하게 허락해 줘."

"네."

서현이 그렇게 대답하며 조심스럽게 고개를 끄덕이자 곧 지한의 넓은 품으로 폭 끌어안겨졌다. 제 귓가에 사랑을 속삭여 오는 따스한 목소리에 온몸이 녹아내릴 것만 같았다.

침대 위 두 개의 인영이 한 치의 틈도 없이 달빛이 비추는 창가에 아른거린다. 비가 와서 차가워진 공기를 물리치고 두 사람의 뜨거운 공기가 방 안을 가득 채우고 있었다.

지한이 열망 가득한 눈동자로 서현을 바라봤다. 긴장과 설렘으로 붉게 달아오른 뺨이 사랑스러워 견딜 수 없었다.

"네 전부를 가질 거야."

그렇게 말한 지한에게 바로 입술을 점령당한 서현은 어떤 대답도 들려 주지 못한 채 그가 선사하는 키스에 빠져들 뿐이었다.

지금의 이 순간은 그녀도, 그도 너무도 원하던 순간이었다. 서로를 향한 같은 마음, 같은 온도에 온전히 집중해 나갔다.

마주한 입술 사이로 마중을 나온 그의 뜨겁고 촉촉한 살덩이가 그녀의 입술을 두드리며 그녀가 입을 열어 주기를 요청했다. 그것이 신호가 되어 버린 것처럼 열려진 서현의 입술 사이로 그의 혀가 전진해 들어오기 시작했다. 말캉하고 촉촉한 지한의 혀가 서현의 치열은 물론 깊은 안쪽까지도 보듬어 주듯 부드럽게 움직였다. 그 뜨거운 혀의 감각처럼, 그녀의 몸도 점차 뜨거워지고 있었다.

"웃."

뜨거운 입술 아래에서는 지한의 손이 서현의 옷을 천천히 벗겨 내기 시작했다. 서현의 블라우스 단추가 모두 끌러지고, 벌어진 앞섶 사이로 지한의 손이 들어왔다. 그리고 그녀의 작고 동그란 어깨를 스쳐 블라우스가 어깨 너머로 벗겨져 갔다.

서현이 두려움 섞임 설렘으로 흠칫 어깨를 떨자, 지한이 긴장을 누그러뜨려 주려는 듯 그녀의 등을 작게 쓰다듬었다.

"추워도 조금만 참아."

서현은 긴장으로 당장에라도 심장이 터져 나올 것만 같았다.

서현은 지한과 이런 순간이 오리라고는 상상도 해 본 적이 없었다. 헤어질 때는 물론이었고, 사귈 때도 바라긴 했었으나 그가 자신을 정말 안아 줄 날이 올 거라는 상상은 하지 못했으니 말이다.

서현은 마음이 벅차오르는 것을 느꼈다. 그래서 더욱이 눈을 꼭 감고, 이 순간을 음미하려 했다.

서현이 눈을 꼭 감고 자신을 느끼고 있는 모습에 지한은 행복해졌다. 그녀에게 꿈이 아닌 현실이 되고, 전부가 되어 주고 싶었다.

"금방 따듯해질 거야⋯⋯. 따뜻하게 해 줄게."

몇 번이고 키스하며 그녀를 맛보았다. 조금 전까지는 설렘 반, 장난 반으로 그녀의 몸 이곳저곳을 탐색하던 지한은 장난기를 거두고 본격적으로 거칠게 돌진하기 시작했다.

입술을 집어삼킬 듯 머금으며 서현의 등을 조심스럽게 쓰다듬었다. 서현이 숨이 막힌 듯 신음 소리를 냈다.

"자극하지 마."

지한이 그렇게 내뱉으며 더 격렬하게 키스하자, 서현의 신음이 더욱 커졌다.

"숨⋯⋯ 좀."

이내 떨어진 입술 새로 서현이 원망스럽게 말했다. 분명 서로가 첫 경험을 맞이하는 것인데도 굉장히 여유롭게 보이는 지한에게 심술이 나는 서현이었다.

사실, 서현의 앞에서 제정신을 유지하기 위해 매우 애를 쓰고 있는 지한으로서는 서현의 그 말에 오히려 머리가 텅 비어 버릴 만큼 자극을 받을 뿐이었다.

하지만 이내 더 이상은 아무 말도 필요하지 않다는 듯이 그가 다시 입술을 맞춰 왔다. 그의 입술에 의해 호흡이 가빠지기 시작했고, 감겨진 눈에는 아무것도 보이지 않았다.

지한이 서현의 입술을 거칠게 탐하며 그녀의 등을 살살 쓰다듬다가, 그녀의 가슴을 감싸고 있던 마지막 옷가지를 끌러 냈다.

그리고 야수처럼 뜨겁고 거친, 그러나 때로는 부드러운 키스가 이어졌다. 입술은 물론, 그녀의 온몸 곳곳에 그가 키스했고, 깊어져 가는 키스에 맞추어 서로의 몸이 점점 실오라기 하나 걸치지 않은 태초의 모습으로 돌아갔다. 그렇게 둘은 서로의 뜨거워진 체온을 느끼고 있었다.

"내 눈앞에 있는 네가 창가의 별빛보다 더 눈부셔 보여."

지한이 힘을 줘서 서현을 끌어안으며 귓가에 속삭였다. 지한의 이야기에 가슴속 깊은 곳에서부터 올라오는 뭉클함을 느낀 서현은 한동안 말을 이어 가지 못했다.

"어디 못 가게 내 곁에서 붙잡아 두고 평생 동안 사랑할 거야."

"응."

"사랑해, 채서현."

지한의 고백에 그녀의 눈에서 눈물이 방울져 떨어져 내렸다. 그 눈물을 발견한 지한도 왠지 가슴이 뜨거워지는 것만 같다.

"……나도 사랑해요."

그녀가 자꾸만 흘리는 속절없이 눈물에 대한 이유를 이미 너무나도 잘 알고 있는 지한은 타들어 갈 것 같은 감정으로 안쓰럽게 서현을 바라보았다. 이 얼마나 가슴 벅차오르는 순간이란 말인가. 다시는 찾을 수 없을 것 같았던 사랑 때문에, 그 사랑에게 너무도 미안했고 자신도 많이 아팠다.

"서현아, 너는 내 마지막에도 함께할 사람이야. 처음부터 그랬어."

되돌아오는 길은 제게 처음 오던 그 길보다 참으로 어려웠을 것이란 생각도 어림짐작일 뿐…… 그녀가 실제로 감당했어야 할 고통을 전부 알 수는 없었다. 하지만 자신 또한 너무나 아팠다. 아픈 만큼 그녀가 간절했다.

"그 사람이 너라서 고마워, 서현아."

그렇기에 어렵사리 찾아온 사랑이 소중하고 고마웠다.

"이젠 널 영원히 놓치지 않을게."

지한 또한 결국 눈가가 촉촉해지고야 말았다.

"그리고 이렇게 내가 품에 안을 사람이, 처음도 마지막도 너일 거라서 감사해."

"지한 선배……."

지한은 서현 덕분에 스스로를 가두었던 단단한 껍질을 깨고 나올 수 있었다. 자신의 마음 가득 넘치는 평안이 그녀 덕분이라는 것에 감사하다.

지한은 서현을 꼭 끌어안은 채 키스를 하며 그녀의 온몸을 부드럽게 쓰다듬었다. 그녀의 엉덩이에 닿았던 손이 그녀의 허벅지 뒤를 타고 내려가 무릎 뒤쪽을 잡더니, 위로 들어 올려 제 몸 옆으로 잡아 빼냈다. 그렇게 서현의 다리 사이에 자리한 지한이 그녀의 깊은 곳을 부드럽게 만지기 시작했다.

서현의 눈이 꽉 감겼다. 지한의 손길에 아릿한 통증 사이로 알 수 없는 쾌감이 퍼지고 있었다.

"사랑한다."

"지한…… 읏."

서현은 급히 숨을 들이켜며 신음을 삼켰다. 이미 극한으로 내

몰린 지한의 쾌감을 서현이 겨우 받아 낸 것이었다. 서현의 고른 숨소리를 따라 함께 눈을 감는 지한의 얼굴은 참으로 평화로워 보였다.

그러고는 아무런 말도 할 수도 없을 정도로 두 사람은 한없이 거칠게 흔들렸다. 흔들리고 있는 그들은 주체할 수 없이 행복해 보였다.

서로가 얼마나 기다린 순간인지, 두 사람의 그림자는 한 치의 틈도 보이지 않을 만큼 맞물려져 있었다. 심장이 하나가 되어 버린 것처럼 말이다.

서현과 지한은 목숨을 다해 서로에 대한 사랑과 다짐을 증명하려는 사람들처럼 격렬했다. 오래 기다렸던 만큼 밤이 깊도록 둘은 서로의 소중한 숨결을 느끼고 또 느꼈다.

그렇게 끝이 보이지 않는 둘만의 시간이 깊어져 갔다. 추적추적 내리던 비가 그치고, 아침 해가 떠오를 때까지. 그들은 몇 번이고 사랑을 확인했다.

"하암."

동현이 기지개를 켜며 거실로 나오자, 기다렸다는 듯 소영이 동현을 불렀다.

"일어났니, 동현아?"

"어? 일어나셨어요? 조금 더 주무시지 않고요."

"서현이 어제 연락 왔었니? 몸이 안 좋아서 일찍 자 버리는 바람에 몰랐는데, 아침에 보니까 방에 없더라고. 또 밤샘 작업을 하는 건지, 아침 일찍 나간 건지……."

"저도 야자 끝난 쌍둥이 데리고 와서 같이 야참 먹고는 바로 잠들었어요. 원래 맨날 바쁜 녀석이니까 너무 걱정하지 마세요. 또 프로젝트 시작했나 보죠."

"그렇겠지?"

"그래도 연락 한 통이 없다니……."

소영과 동현이 걱정을 나누는 사이, 현관문이 열리는 소리가 들렸다.

"저희 왔습니다."

그러나 현관에서 들려온 예상치 못한 목소리에 동현은 저절로 미간을 좁혔다.

토요일 오전 7시도 되지 않은 시각이었다. 소영도 당황했는지 놀란 목소리로 물었다.

"지한이가 웬일이니?"

지한의 뒤에서 약간은 어찌할 바를 몰라 하는 서현의 모습을 확인한 동현은 이내 조금은 허탈한 웃음을 흘려 냈다. 그러곤 상황을 조용히 지켜보기로 마음먹었다.

그러나 소영은 아직 무엇도 짐작하지 못했는지 어리둥절한 말투로 물었다.

"……서현이 너, 일하다 온 거 아니었어?"

"아, 그러니까, 그게……."

서현은 당황해서 말을 더듬거렸다. 그런 서현을 지켜보는 소영은 왠지 초조해지는 기분이었다.

그때, 지한이 서현을 대신해 말을 꺼냈다.

"제가 대신 말씀드리겠습니다."

"뭐?"

놀란 소영의 말 뒤로 동현이 '호오~' 하며 감탄사를 쏟아 냈다.

"서현이, 어젯밤에 저랑 같이 있었습니다."

너무나 순순히 인정해 버리는 지한이었다. 그러나 지난날 소영의 약국에서 서현과의 교제를 담담하게 인정하던 때와는 다른, 결심 어린 표정이었다. 그런 지한을 보는 동현의 얼굴에 저절로 미소가 피어올랐다.

"선배."

서현은 달음박질치는 심장을 부여잡으며 지한을 쳐다보았다.

"제가, 서현이를 데리고 가야 할 일이 생겼습니다."

"이 녀석을 데리고 어디를 가? 며칠?"

하지만 소영은 아직도 눈치를 채지 못한 듯, 엉뚱한 말만 했다.

지한은 걱정스레 저를 쳐다보고 있는 서현에게 한번 씩 웃어 주었다. 긴장한 듯 다소 굳은 얼굴이었지만, 서현을 안심시키기에는 충분한 미소였다. 지한은 마른침을 한번 삼키곤 다시 말했다.

"어젯밤에…… 책임질 일이 생겼습니다, 어머님."

"책임? 어젯밤에?"

"저, 서현이랑 최대한 빠르게 결혼하겠습니다."

지한의 선언에 의구심은 풀렸으나, 동시에 쓰나미급에 가까운 충격을 받아 버린 소영은 놀란 심장을 부여잡아야 했다.

"그러니까, 어젯밤에 둘이 같이 있었고, 어젯밤에 너희가 책임질 일을 했다는 거니?"

"네."

"엄마, 죄송해요."

지한의 끄덕임 뒤로 서현이 얼굴을 붉히며 고개를 숙였다.

"……하아. 정말 내가 너희 때문에 나이를 빨리 먹는 거 같아."

소영이 그런 둘을 보며 한숨을 푹 내쉬었다.

"죄송합니다."

지한은 허리를 숙이며 정중하게 사죄했다.

"죄송은 무슨. 생각해 보니까 귀찮은 딸 녀석 데리고 가겠다는 녀석이 벌써 나타난 건데 기뻐해야지, 내가 왜 한숨을 쉬었나 몰라."

"엄마?"

서현이 놀라 고개를 쳐들며 물었다.

"그래, 데려가. 지한이 네 성격에 쉽게 서현이와 밤을 보낸 것도 아닐 테니. 믿는다."

"감사합니다, 어머님!"

지한이 다시 한 번 허리를 숙이며 인사했다.

형식에 그치는 것이 아닌, 사랑에 대한 확신이 가득 찬 표정과 말투로 서현과 결혼하여 그녀를 책임지겠다고 공표하는 지한의 모습에 감동한 소영이었다. 소영은 지한과 서현을 한꺼번에 끌어 안아 주며 한참을 "행복하자"라고 말했다.

믿음과 사랑으로 껴안고 있는 그들에게 따뜻한 봄 햇살이 쏟아져 들어왔다.

"다녀왔습니다."

지한이 집에 들어오는 소리가 들리자, 연재가 급히 현관에 나와 걱정스럽게 물었다.

"회사에서 밤샌 거야?"

"아니요."

지한이 회사에서 밤을 지새우는 것에 익숙한 연재는 의아한 듯이 반문했다.

"……아니야?"

"야근하고 온 거 아니에요."

그러나 지한의 말투는 어딘지 단호한 데가 있었다.

"무슨 일 있었니?"

"어머니."

"그래."

평소의 지한과는 다른 이상한 기운을 감지한 연재였지만, 그것이 나쁜 느낌은 아니었다.

"할 말 있는 거지?"

연재는 부드럽게 말하고는 지한을 데리고 거실 소파에 가서 앉았다. 지한은 잠시 생각을 정리하는 듯하더니 연재를 보며 말했다.

"……어머니, 저 서현이랑 결혼해야겠어요."

"결혼?"

"빨리요."

"……빨리?"

지한이 결혼을 한다면 서현과 하는 것이 당연했다. 그렇지만 '빨리'라는 단어와 통보에 가까운 어투가 어딘지 이상하다고 느껴진 연재였다.

"그래, 결혼은 당연히 서현이랑 하는 걸로 이 엄마도 알고 있어. 그런데 갑자기 왜 서두르는 건지, 물어봐도 되는 거지?"

"네……."

그리고 이어지는 너무나도 간단하지만 확실한 사유에 연재는 그저 웃고 말았다. 쉽사리 마음을 내주지 않다가, 마음을 내줬다 싶었더니 마음은 물론이고 줄 수 있는 건 다 줘 버린 것이었다.

연재는 남편 윤 화백과 정한에게 이 소식을 전할 생각에 즐거워졌다.

"오랜만에 뵙네요."

S갤러리 안에 마련된 작은 다실에서 두 중년 여성이 마주하고

앉아 있었다.

"그러게요, 그간 안녕하셨죠?

인사를 건넨 서현의 엄마 소영과 지한의 엄마 연재는 잠시간 말없이 차만 들이켜고 있었다. 먼저 침묵을 깬 것은 연재였다.

"소식 듣고 많이 놀라셨죠?"

"……처음에는 미웠고, 받아 주지 않으려고 했죠. 하지만……."

소영의 말에 연재는 조금 긴장한 듯 두 손으로 찻잔을 꼭 쥐고 애써 웃어 보였다. 연재는 긴장한 채로 소영의 다음 말을 기다릴 뿐이었다.

"하지만 지한이의 진심을 느꼈어요. 예전과는 다르다는 걸 알았죠."

"아침에 갑자기 집으로 들어와서 한다는 말이, 최대한 빨리 결혼하겠다는 말이라니. 지한이 녀석이 저희 아들이지만, 참 낮도깨비 같아서 죄송스러워요."

"아닙니다. 그래도 두 아이 모두 정말 대단한 녀석들이지 싶어요."

연재의 말을 들은 소영의 입가에 옅은 미소가 스며들었다.

"그런데 두 분이서 운영하시는 갤러리에서 뵙게 되니, 두 사람이 미래를 계획하고 만나기에 어울리는 짝일까 싶네요. 배경이 그래도 어느 정도는 비슷해야지, 너무 차이가 나면……. 솔직히 부담 되는 게 사실이에요."

"부담 가지실 이유 없어요. 배경보다도 저에게, 그리고 저희 가족에게 서현이는 값으로 따질 수 없는 대단한 사람이니까요.

그렇게 예쁘고 따뜻한 아이가 저희 지한이를 바꿔 줘서, 얼마나 고마운지 모릅니다."

연재는 긴장을 해소하려는 듯, 차를 한 모금 마시고는 다시 말을 이었다.

"사실, 저는 지한이를 낳아 준 엄마가 아니에요."

"어느 정도 눈치채고 있었어요. 그런데 그 사실이 무슨 문제가 되나요?"

연재가 고심하며 꺼낸 말에 아무렇지도 않다고 말해 주는 소영이었다. 연재는 긴장이 풀어진 탓에 툭 하고 눈물방울을 떨어뜨리고야 말았다.

소영은 그런 연재를 바라보다가 덧붙여 말했다.

"요즘 세상을 보면 자신이 열 달 배 아파서 힘들게 낳았음에도, 잔인하게 학대하고 살인까지 하는 사람들도 있어요. 그런 걸 보면 꼭 제 배 아파서 자식을 낳았다고 해서 진짜 부모가 된 것은 아니죠. 하지만 지한이는 그만하면 겉은 아닐지라도 그 안에 숨은 성정은 따뜻하게 잘 키워 주셨어요."

"그런가요…… 하지만 서현이를 아프게 했던 걸 생각을 하면 제가 잘못 키운 것 같아서 속상해지곤 했어요."

"자세히는 아니지만, 사연이 있다 들었어요. 그 애 가슴에 텅 빈 부분까지 나무라지는 마세요. 그래서 결국 남들보다는 다르게 먼 길을 돌아왔어도, 그 어느 예비부부보다도 견고하게 다져진 상태에서 시작할 테니, 그걸로 충분하다고 생각합니다."

모든 것을 이해해 주는 소영의 말에, 연재는 크나큰 위로를 받았다. 연재가 그나마 긴장이 풀린 것 같자, 소영은 차를 한 모금 들이켜며 이어 말했다.

"저희도 그렇게 따지면 애들 아빠는 이미 이 세상 사람이 아닌걸요."

"그런 말씀 마세요. 혼자서도 서현이를 그만큼이나 훌륭하게 키우셨는데요. 남매끼리 우애도 좋구요."

소영은 대답 대신 그저 환히 웃어 보였다. 연재는 소영과 대화하는 이 시간이 아름다운 햇살을 선물받은 것처럼 감사하고 행복하게 느껴졌다.

"아. 그리고 지한이가 반듯하지 않은 아이였다면, 서현이도 모르게 제 일을 도와주곤 하지 않았을 거예요."

"우리 지한이가요?"

"네. 가끔 서현이가 과제나 시험으로 바쁠 때면, 혼자 약국에 와서는 뒷정리를 도와주곤 했어요. 서현이한텐 말하지 말라면서요."

"세상에."

"지금 생각해 보면, 그렇게 말없이, 티 나지 않게 애정을 주는게 지한이가 사랑을 표현하는 방법이었던 것 같아요."

"맞아요. 지한이가 겉으로는 차가워 보여도 실은 속이 깊은 아이예요. 어머, 제가 주책을⋯⋯."

"아니에요. 지한이는 칭찬받을 만한 걸요. 아들 참 잘 키우셨어요."

"서현이만 할까요. 얼굴만 예쁜 게 아니라 맘까지 따뜻하고 예쁘니, 그렇게 잘 키워 내신 사돈어른이 존경스러울 정도예요."

그러곤 '아이구, 벌써 사돈어른이라고 해 버렸네.' 하며 눈을 찡긋하는 소영을 보던 연재도 함박웃음을 터뜨렸다.

연재와 소영은 오고 가는 이해와 따뜻한 말들에, 사돈지간이 아니라 평생을 함께하게 될 친구를 얻은 것처럼 기뻐했다.

일을 마치고 집 앞에 도착한 서현은 집 안쪽에서 들려오는 소란스러운 소리에 오늘 오기로 한 손님이 방문했음을 알았다.

"어, 누나!"

수현과 두현이 서현이 온 걸 제일 먼저 알아채고 반겼다.

"다녀왔습니다."

"······왔어?"

일주일에 한 번은 꼭 서현의 집으로 와 저녁식사를 하는 지한이었다. 서현 가족의 마음이 자연스럽게 풀릴 수 있도록 이렇게 가끔 방문해서 시간을 보내는 것이었다. 물론 남은 앙금은 없다시피 했지만, 그 시간들 덕분에 친밀감을 쌓고 있었다. 오늘은 지한의 부모님까지 오시기로 한 날이었다.

상을 흘끗 보니, 삼겹살을 먹고 있던 듯했으나, 이미 깨끗하게 비워져 있었다.

"너 오기 전에 벌써 한 판 끝내 버렸다."

"이제 한 판? 오늘은 살살 달리네."

"뭐, 그런 날도 있고 저런 날도 있지. 올라가서 옷 갈아입을 거지? 같이 가자. 나도 베란다 좀 나갔다 오게."

지한이 그렇게 말하며 일어서자, 동현의 빈정거리는 듯한 말투가 들려왔다.

"……아니, 뭘 또 같이 가?"

물을 들이켜며 뾰족한 눈으로 쳐다보고 있는 동현의 반응에 지한은 고개를 홱 돌리며 말했다.

"뭘 걱정하는지 아는데요, 형이 하는 생각을 저한테 대입시키지 말아 주셨으면 좋겠네요."

"……푸아……케헤엑."

이내 입안에 들어가려던 물을 여과 없이 뿜어내는 동현을 바라보는 두현, 수현에게서 키득키득, 킥킥거리는 웃음이 흘러나왔다.

"다녀올게요."

"너, 너 윤지한, 너……!"

떠나가는 서현과 지한의 뒷모습에 대고 어버버거리던 동현에게 수현과 두현이 단호하게 외쳤다.

"자! 1라운드 윤지한 님, 승."

"You Win."

"감사."

지한을 죽일 듯이 노려보던 동현은 쌍둥이의 판정으로 보이지 않는 전쟁에서 졌음을 알고 무너졌다.

지한과 서현은 터져 나올 것 같은 웃음을 참느라 애를 썼다.

"……동현이 왜 저러고 있어? 바닥에 이 물은 다 뭐고."

당장에라도 지한을 쫓아가 녀석의 뒤통수를 때려 줄 듯한 기세로 씩씩대던 동현은 달칵 하는 문소리와 함께 엄마 소영이 들어오자 아닌 척 바닥을 닦았다.

"아하하하, 아녜요 제가 흘렸어요. 치우겠습니다."

"우리도 왔어요."

"안녕하세요."

소영과 함께 들어온 사돈어른 윤 화백과 연재가 반갑게 인사를 해 왔다. 소영은 상을 차린다며 주방으로 들어갔고, 누군가를 찾는 듯 집 안을 휘둘러보던 윤 화백과 연재는 동현에게 물었다.

"서현이랑 지한이는요?"

"잠깐 방에 간다고 갔으니 금방 올 거예요. 어서 앉으세요."

"고마워요, 역시 동현 군은 친절하다니까."

"그러게, 우리 안사람이 동현 씨 때문에 이 피오체사례 바롤로를 꼭 사 올 정도이니 가끔은 질투가 난답니다."

"아하하, 감사합니다."

소영이 주방에서 바글바글 끓는 된장찌개를 들고 나와, 불판에 삼겹살을 막 얹기 시작할 때였다.

"냄새 좋다~"

지한과 서현이 음식 냄새에 방에서 나왔다.

"지한아 서현아, 어서 와~"

"누나 배고파! 빨리~"

"빨리 와~"

식사 자리에 드디어 온 가족이 모였다. 지한과 서현은 그 풍경을 보며 마음이 벅찬 것을 느꼈다. 가족이 느니까 행복도 더 늘어난 듯한 느낌이었다.

지한과 함께 막 자리에 앉으려던 서현은 상에 상추가 빠진 것을 알아챘다.

"어머, 상추가 빠졌네요? 제가 가져올게요."

앉으려던 몸을 일으켜 주방으로 후다닥 들어간 서현은 금방 상추를 들고 나왔다.

"자, 마지막. 상추도 가져왔습니다. 우읍."

하지만 갑작스러운 헛구역질에 손으로 자신의 입을 막은 서현이었다. 제 코로 스며든 냄새가 갑자기 무척이나 불편하게 느껴져 버린 탓이었다.

"괜찮아?"

지한이 걱정스레 묻자, 서현이 괜찮다는 듯 손사래를 치며 말했다.

"……어, 왜 이러지? 아까 낮에 커피를 너무 마셨, 우욱."

서현의 헛구역질에 모두가 걱정스러운 시선을 보내는 사이, 서현의 엄마 소영이 조심스럽게 서현을 불렀다.

"……너, 혹시. 서현아……."

연재도 무언가를 느낀 듯, 서현을 부르는 소영에게 말했다.

"서현이 어머님도 저랑 같은 생각하셨어요?"

"그런 것 같아요, 지한이 어머님."

가족들 중에 단 두 사람. 소영과 연재만이 같은 생각을 하고 있는 듯했다. 기쁨인지 우려인지 모를 복잡한 표정으로 서현을 올려다보는 두 사람이었다.

"그게 맞는다면. 그렇다면……."

"뭐가 맞아요? ……으읍."

계속되는 서현의 헛구역질 때문에 소영과 연재는 확신을 하고 있었다.

"속이 안 좋으면 약 먹어 볼까?"

지한이 걱정스레 서현을 보며 그렇게 말하자, 소영과 연재가 기함하며 단호하게 외쳤다.

"안 돼!"

두 어머니의 목소리가 천지를 뒤엎을 듯 울려 퍼졌다. 그 외침에 아직도 입을 틀어막은 채 놀란 눈이 된 서현이었다. 하지만 윤 화백은 자신의 예비 며느리가 가져다줄 기쁜 소식을 기대하며 얼굴 가득 평안한 미소를 얼굴에 머금고 있었다.

"보이시죠? 이게 아기집이에요."

서현은 제 앞에서 초음파 사진을 가리키며 말을 전하는 여의

사의 말을 믿을 수가 없었다. 서현의 동그랗게 떠진 눈이 그걸 증명하고 있었다.

서현이 떨리는 목소리로 물었다.

"아, 아기집요?"

"……여기, 바로 여기요. 까만 점처럼 보이는 게 바로 아기집 이랍니다."

난생처음으로 자신의 몸 안에 자라나고 있는 새 생명의 존재를 만나게 된 서현이었다. 서현은 감동해서 왈칵 눈물이 쏟아질 것만 같았다.

어젯밤 헛구역질을 한 것 때문에 혹시나 하는 마음으로 산부 인과를 방문한 참이었다. 지한도 혹시 모르니 다녀오라고 해서, 소화제나 여타 다른 약을 복용하지 않은 채, 아침이 되자마자 산 부인과로 달려왔다.

"너무 작아요."

"이렇게 작아도 조금 있으면 심장소리도 들을 수 있고, 손발도 만들어질 거예요. 눈, 그리고 코, 입술도 엄마 눈으로 확인할 수 있을 만큼 자란답니다."

"정말요?"

설레고 걱정되는 마음으로 진료소 앞에서 대기를 하다가, 제 이름이 호명되자 진료실 안으로 들어갔다. 긴장되는 마음으로 여 의사에게 진료를 받으며 전해 듣는 이야기가 꼭 꿈만 같았다.

"신기해요."

"자 여기를 조금 더 보여 드릴게요. 너무 불편하신 것 같으면 말씀하세요."

"네."

물론 서현은 지한과 온몸으로 서로를 사랑하기 시작하던 날부터 마음 한편으로 언제든 이런 일이 생길지도 모른다고 생각해 두고 있었다. 하지만 막상 이렇게 현실로 다가오니, 복잡하고 미묘한 기분이 드는 것은 어쩔 수가 없었다.

하지만 무거운 부담감 위로 가장 크게 느껴지는 것은 충만한 행복함이었다. 아기, 지한과 서현의 사랑의 결실이었다.

고요한 숨결을 그대로 옮겨 놓은 듯한 회색빛 대리석 위에 놓인 책상에서 삐이익 인터폰이 울었다.

"뭡니까."

"죄송합니다만, 채서현 씨께서 방문을 하셨습니다."

"……알았습니다."

갑작스러운 방해에 날카로운 반응을 보였던 것도 잠시, 방문자가 서현이라고 하자 금세 누그러든 지한이었다.

끼익. 열리는 문틈 사이로 보이는 서현의 그림자만 보아도 기분이 좋아지는 것만 같다.

"왔어?"

"바쁜데 미안해요."

"아니야, 기다렸어."

"으응."

하지만 마냥 반가워하는 지한과 달리 서현은 조금 수줍어하는 모습으로 그에게 다가갔다.

"……몸은 좀 괜찮아?"

"아, 으응. 괜찮아요."

"다행이네. 병원에서는 뭐래?"

서현은 굉장히 어려운 질문을 받은 것처럼, 딱딱하게 긴장했다. 등줄기로 식은땀이 다 흐르는 것 같았다.

"저기……."

"어."

"그러니까……."

"말해."

그러나 서현은 사랑스럽다는 듯 저를 바라보는 지한의 눈빛을 마주하자, 모든 긴장감이 사라지는 것을 느꼈다. 서현은 한번 크게 심호흡을 하더니, 그를 향해 씩 웃어 보였다.

"……맞구나."

"……딱 6주차래요."

"그럼 아빠……. 내가, 아빠야?"

야호! 지한이 그 사실이 정말로 기쁜 듯 소리치며 서현을 꽉 끌어안았다.

단 한 번도 그가 이렇게 소리치며 기뻐한 것을 본 적이 없었기에, 서현은 지금 자신이 본 이 광경이 현실인지 꿈인지 분간하기가 힘들었다.

"하아…… 진짜였네."

"……그렇게 좋아요?"

"당연하지!"

그가 기뻐하는 모습에 서현은 조금 전 병원에서 꼬물이를 만났을 때처럼 또 눈물이 날 것만 같았다.

"고마워."

"선배……."

"정말, 정말로 고마워. 사랑해, 채서현."

조용하지만 낮은 음성으로 자신에게 감사와 사랑을 전하는 지한의 목소리에, 서현은 온몸이 녹아내릴 것만 같았다.

"……고마워. 나에게 기회를 주고, 이제는 너와 나를 닮은 기적을 선물해 줘서 감사해. 사랑한다, 채서현. 정말로 너는 내 인생 최고의 푸른빛 보석이야."

"……흐흐, 윽."

"울지 마."

"……사랑해요."

지한은 지금 자신의 품에 안겨 있는, 세상 그 무엇과도 견줄 수 없는 단 한 사람이 있다는 사실이 행복함으로 다가왔다. 더불어 서현과 저의 사랑의 결실인 아기까지.

엄마가 돌아가시고 오해 속에 아버지를 미워하고 있을 때, 제가 아버지가 될 거라고 생각하지 않았었다. 책임감 없는 아버지, 가장은 되지 말아야지 하고 생각했었다.

그런데 오래된 깊은 오해가 풀렸고, 서현과 온몸으로 사랑을 나누기 시작하며 언젠가 이 순간이 올 것을 어렴풋이나마 예상하고 있었다.

그리고 그 순간이 와서, 제가 정말 '아버지'가 되자, 너무도 벅찬 감동이 밀려왔다.

"앞으로도 내가 숨을 쉬는 이유 너 하나야. 그게 너라서 감사해."

"……계속 그런 말 하면 자꾸 눈물 나잖아요."

"아니. 오히려 너라는 사랑으로 인해 늘 기적을 경험하는 건 나인 걸."

지한이 그녀를 꼭 안으며 계속해서 사랑을 속삭였다.

"내게 와 줘서 고마워. 내 인생 단 하나의 사랑. 그리고 너라는 기적의 곁에 있게 해 줘서 고마워."

어느 날 곁으로 다가와 위로와 평안을 선사하더니, 이제는 세상에서 가장 귀한 선물을 주는 여자를 어찌 사랑하지 않을 수 있을까.

지한은 지금 이 순간 제 볼을 타고 흘러내리는 눈물이 결코 창피하지 않았다. 행복이 제 안에서 가득 차 흘러넘치는 중이었다. 지한은 행복함이 차서 넘치는 이 기분을 감추고 싶지 않았다. 서현을 품에 안은 지한은 가득 차 넘쳐 나는 행복을 기쁘게 흘려보낼 뿐이었다.

그들의 사랑은 그녀를 닮은 푸른빛 하늘처럼 맑고 따뜻했다.

❖❖❖

저녁 6시가 넘어간 시간, 서현은 잔업이 남아 야근을 하고 있었다. 무리하면 안 되는 건 알지만, 팀장으로서 팀원들이 힘내고 있는데 저만 빠질 수도 없었다.

그때, 문가에서 자신의 이름을 부르는 누군가의 목소리가 들려왔다.

"채서현 씨~"

서현은 하던 일을 멈추고 문 쪽으로 고개를 빼꼼 내밀었다. 그러곤 조금 열려 있는 사무실 문틈으로 사람을 발견하고는 몸을 일으켜 문가로 다가갔다.

"네. 전데요."

"배달 왔습니다."

"배달요? ……그런 거 시킨 적……."

하지만 배달원이 꺼내 놓은 물건을 확인한 그녀의 입이 함지박만 하게 벌어졌다.

"잘 먹겠습니다."

"우와, 진짜 이거 대박이다~"

"아하하. 그래, 많이 먹어요."

자신의 앞에 놓인 수십 개의 피자와 치킨, 초밥 등을 보며 웃어야 할지 울어야 할지 고민에 빠진 서현이었다.

"통 크다. 누구 남자 친구가 이렇게 잘해 준대요?"

"⋯⋯놀리니까 재미있어요?"

"아하하, 들켰네요."

"⋯⋯드시던 거나 마저 드셔요~"

"그래도 부러워요."

말리는 시누이가 더 밉다고 하는 옛말처럼, 가뜩이나 이 당황스러운 상황을 자꾸 놀려 대는 회사 사람들이 얄밉게 느껴졌다. 서현은 자신과 아무런 상의도 없이 사무실로 덜렁 야식을 보내 놓고 연락 한 통 없는 지한이 야속하게 느껴졌다.

"전화만 와 봐라. 아주 그냥."

드르륵. 드르륵.

휴대전화의 진동이 울리자, '호랑이도 제 말 하면 온다'라는 속담처럼 액정 화면에는 지한의 이름이 떠 있었다.

"네."

[도착했지?]

"아주 예쁜 짓 하셨던데요."

[⋯⋯네 성격상, 그냥 보내 준다고 하면 안 받을 거 같아서 그냥 보냈어. 말투 보니까 화났나 보네.]

"편하지는 않네요."

[그럼 같이 먹게 되면 나 맞아 죽는 건 아니지?]

"네?"

[같이 먹으면 화낼 거야?]

"……그게 무슨 말이에요?"

"같이 먹으면 나한테 화낼 거냐구."

휴대전화 너머로 들리던 목소리가 제 바로 앞에서 들려왔다.

서현뿐만 아니라, 함께 야식을 먹어 치우던 회사 사람들도 모두 놀란 듯 굳어 있었다.

"여기를 어, 어떻게."

"어떻게 들어왔냐고? 잊었어? 여기도 우리 거래처거든."

"……내빈용 출입증?"

"정답."

더군다나 회사 사람들은 말로만 듣던 서현의 애인을 처음 보는 것이었기에, 그 놀라움은 두 배가 된 듯했다.

"일단 나가요."

"나도 야근하느라 밥 안 먹었는데."

"밥 사 줄 테니까, 빨리요."

"어, 어, 야."

그 상황에서도 지한의 훤칠한 키, 그리고 조각 같은 얼굴은 물론, 가려져 잘 보이지는 않지만 수트 너머로도 느껴지는 탄탄한 근육에 여자 사원들은 속으로 환호성을 질렀다. 반면, 몇몇 남자 사원들은 아쉬운 마음을 느끼며 그저 음식을 마구마구 해치울 따름이었다.

"아, 배부르다."

결국 식당에서 배를 채운 지한이 식사를 마치고 만족스럽다는 듯 말했다.

"다 먹었어요?"

"응."

"그럼. 자, 이제 몇 대 맞을까요!"

서현의 반응에 지한은 오늘의 계획도 성공하지 못했다는 사실을 깨닫고 좌절모드로 바뀌었다.

"도대체 뭐가 문젠데."

"그걸 몰라서 물어요?"

"……사람들이 나를 알면 안 되는 이유가 뭔데."

"하아……."

그런 지한을 바라보는 서현은 곤란하게 웃어 보였다.

"답은 아까 말했잖아요."

"언제?"

"거기도 선배 거래처라면서요."

"응."

"그것도 거래처의 중요한 바이어가 아니면 내어 주지 않는 그 출입증을 보이면서 들어왔죠."

"그게 뭐 어때서?"

"물론 한 달 후에 결혼할 테니 다들 곧 알게 되겠지만, 그 사람들이 선배가 어떤 사람인지 알게 되면 혹시라도 나를 불편해할 수도 있으니 아직까지는 조금 조심하자 말한 거 기억하죠?"

"그래도. 나는 네가 특혜를 받으라는 게 아니라, 임신 초기에 이렇게 야근하는 게 속상해서 그런 거야. 그래서 동료들한테 야식이라도 주며 부탁하고 싶었던 건데, 곤란하게 했다면 미안해."

"그 마음 다 알아요."

늘 철두철미한 모습으로 갤러리 사람들의 인정을 받고 있는 윤지한은 어디로 가 버렸는지, 자신의 앞에서 축 늘어진 어깨를 하고는 풀이 죽은 듯한 목소리로 말을 하고 있는 그가 애틋하고 귀엽게 느껴졌다.

"……졌다, 졌어. 그러니까 불쌍한 얼굴 좀 그만해요, 좀."

"진짜지?"

"알았어요, 알았다구요. 어차피 내일 청첩장 나오면 바로 곽 부장님께 말하려고 했어요. 조심해야 하니까 야근해도 살살한다고, 됐죠?"

"응. 응."

"그렇게 좋아요?"

"좋아."

서현은 언제 그랬냐는 듯이 아이처럼 환하게 웃고 있는 이 남자 때문에 행복하다.

"바보 같아요."

"괜찮아. 너에 관한 일에는 바보여도 좋으니까."

"……언제부터?"

"네가 내 손 다시 잡아 줬던 그날부터."

사랑한다고 아무리 말해도 부족했다. 언제나 그녀가 걱정됐고 보고 싶었다. 자신은 결국 언제나 그녀여야만 했다.

"우주를 수놓은 그 별들보다 더 널 사랑하고 있단 말이지."

"으…… 그건 윤지한 아닌 것 같다. 거기까지만 해요."

"흠흠, 그런가."

"응."

"고마워."

"응."

"사랑해."

"나도. 사랑해요."

살짝 작은 입맞춤을 한 둘은 서로의 어깨에 기대며 이 행복한 순간순간을 잊지 않고 영원히 기억하기를 바랐다.

사랑이라는 마법이 이토록 큰 행복을 가져다주는 것이라면, 때로는 힘든 일을 마주하게 된다 할지라도 충분히 힘을 낼 수 있지 않을까. 그런 사랑의 마법에 흠뻑 빠진 두 사람의 밤이 까맣게 깊어 갔다.

"자, 다 모인 거지?"

지한의 말에 수현과 두현이 눈을 비비며 앓는 소리를 냈다.

"졸려."

"역시 쌍둥이에게는 무리였나."

그랬더니 쌍둥이가 바로 반박을 하고 나섰다.

"그런 섭섭한 말씀을."

말로는 아니라고 하지만 이미 눈은 반쯤 풀려 있는 두현과 수현 쌍둥이를 본 동현과 지한은 그저 웃어 버렸다.

"어허~ 어르신들. 그만 웃으란 말이오."

"그렇소! 웃음을 멈추시오~"

쌍둥이의 재롱에 결국은 으하하하 하고 웃음이 터져 버린 동현과 지한이었다.

그때 문이 열리며 이번 일에 도움을 준 서현의 친구, 수민이 들어왔다.

"미안해요, 좀 늦었죠."

발랄하게 인사하며 들어온 수민이 분위기를 환기시키며, 작업이 시작됐다.

수현과 두현은 자신들이 밤잠을 설쳐 가며 만들어 놓은 사진들을 정리하고, 노트북과 스크린의 선을 다시 확인하기에 여념이 없었다.

지한은 동선을 체크하고, 동현과 수민은 안을 예쁘게 꾸미느라 손길이 바빠졌다.

"어디까지 가요? 잠깐 쉬었다 가요."

"다 왔어. 좀만 더 가자."

서현은 지한에게 이끌려 어딘가로 향하는 중이었다. 목적지나 이유도 말해 주지 않고 그저 저를 이끄는 지한 탓에, 서현은 어리둥절할 뿐이었다.

"……여기에서 뭐 해요?"

"어서."

서현은 지한의 손을 잡으려 했지만 제 손을 피한 지한의 손이 서현의 눈을 가려 왔다.

"……어, 어? 이거 뭐 하는 거예요?"

"자…… 눈 뜨기 없기. 천천히 따라와."

지한은 당황한 서현을 이끌고는 어딘가로 향했다.

"도대체……."

서현은 제 등 뒤에 서서 눈을 가린 지한을 의지해 조금씩 발을 내디뎠다.

끼이익.

문이 열리는 소리가 귓가를 스쳐 지나가더니, 이내 묘한 설렘이 생길 것 같은 피아노 멜로디가 들려와 그 자리에 멈춰 섰다.

"이, 노래."

지한과 서현이 즐겨 듣던 노래가 흘러나오고 있었다.

그리고 이내 서현의 시야를 가리고 있던 지한의 손이 스윽 떨어지자, 눈앞에 보이는 것들 때문에 서현은 왈칵 눈물을 쏟아 낼 것만 같았다.

스크린에서는 예쁘게 영상화된 두 사람의 사진이 펼쳐지고 있었다.

"……이게 다 뭐야. 진짜."

주변을 가득 채운 꽃잎과 반짝이는 전구를 보며 언제 이런 준비를 다 한 것인지 궁금해질 틈도 없이, 제 앞에 난 기다란 꽃길의 끝에 서 있는 사람들이 보였다.

"어서 와."

"환영합니다."

수현, 두현 쌍둥이는 물론 동현 오빠도 있었고, 서현의 베스트 프렌드인 수민까지 와 있었다.

"서프라이즈! ……마음에 드십니까."

지한이 웃으며 서현에게 말하자, 서현이 결국 눈물을 쏟아 내고야 말았다.

"흐, 흐흑. 이게 뭐야."

하지만 서현의 눈에서 쏟아져 나오는 눈물이 마를 새도 없이, 지한이 흘러나오는 반주에 맞춰 그녀에게 사랑의 세레나데를 부르기 시작했다. 지한이 제 마음을 담은 듯한 가사의 노래를 부르며, 진심 어린 눈길로 서현을 바라보고 있었다. 서현은 진심과 열망이 가득한 눈빛으로 자신을 바라보며 노래를 불러 주는 지한이 보이지도 않을 만큼 눈물을 흘려 내고 있었다.

"쉿."

노래를 마친 지한이 서현을 꼭 끌어안았다.

"흐흑, 이렇게 울려 놓고 울보라고 놀리기나 하고."

"속상했어?"

"······아니, 안 속상해."

"그럼?"

"행복해."

"그런데 눈물은 안 멈추는 걸 보니 울보 맞네, 뭐."

"그래, 나 울보다."

힘들었던 지난날들, 그리고 그 시간 동안 잔뜩 헤매던 지한이 이제는 서현에게로 다시 돌아왔다. 그러곤 이렇게 곁에서 손을 잡고, 소중하다는 듯이 꼭 안아 주고 있었다. 이제는 다시 놓을 일 없이 이렇게 손을 맞잡고 있다는 것이, 서현은 너무나도 행복했다.

"그래서 감사해. 행복한 눈물을 흘리는 네가 사랑스러우니까."

"어떠한 모습이라도?"

"말했잖아. 세월이 흘러 네가 나에 대한 기억을 잃어버리는 나이가 되어도, 나는 너를 잊지 않을 거라고. 너도 그럴 거잖아."

"응."

지금 이 순간, 지한과 서현은 모든 사람의 응원과 사랑의 힘으로, 세월이 흘러도 언제까지고 이렇게 손을 마주 잡은 두 사람이 될 수 있기를 바랐다.

"오래도록 내 곁에 있어 줄 거지?"

"······당연한 걸 뭐하러 물어봐요."

"다행이다. 그럼······."

그러더니 지한이 갑자기 서현의 앞에 한쪽 무릎을 꿇고 앉았다. 서현은 너무 놀라 손으로 입을 가리며 한 발짝 뒤로 물러섰지만,

268

지한이 그런 서현의 한쪽 손을 끌어당겨 입을 맞추며 말했다.

"나랑 결혼해 줄래?"

서현은 손으로 입을 가린 채 대답도 못 하고 그저 오열하듯 펑펑 울기만 했다. 그때 수현과 두현이 다가와 지한에게 작은 케이스를 열어서 내밀었다.

"안 해 줄 거야?"

지한은 짓궂게 말하며 서현의 눈앞으로 건네받은 작은 케이스를 들이밀며 보여 줬다. 상자 안에서 빛나고 있는 건 작은 보석이 박힌 한 쌍의 결혼반지였다.

"……해요."

"고마워, 서현아."

"사랑해요."

"……나도. 나도 사랑해, 서현아."

아름다운 사랑이 늘 그 자리에 있기를 바라는 마음은 비단 지한과 서현뿐만이 아닐 것이다. 어쩌면 우리 모두의 바람일 수도 있다. 누구나 저마다의 사랑을 꿈꾸고, 그 사랑이 영원하기를 바랄 것이다. 눈을 감는 그날까지 말이다.

"고마워."

"고맙습니다."

6장.

영원한 약속

Re
R w ite
r

결혼식을 일주일 앞둔 한적한 주말 아침.

서현은 지한과 그의 어머니 연재, 그리고 윤 화백과 함께 고요
함이 묻어나는 길을 걸었다. 다다른 곳은 주변 가득한 나무들이
싱그러움을 풍기는 곳이었다.

"여기가 어디예요?"

"힘들었지?"

당연하다는 듯 서현의 몸 상태를 살피고 있는 지한이었다.

"괜찮아요."

"……인사해."

서현은 지한의 손길을 따라 시선을 옮기자, 지한이 마저 말을
이었다.

"우리 엄마."

"이곳에 계시는 거였어요?"

"응. 빨리 데리고 오려고 했는데, 임신 초기에는 조심해야 할 것 같아서."

지한의 시선이 살짝 나온 서현의 배에 사랑스럽다는 듯이 닿았다.

"……괜찮은데. 결혼 전에 꼭 인사드리고 싶었어요. 데려와 줘서 고마워요."

그러고는 지한이 손을 내밀어 서현의 손을 따스하게 마주 잡았다. 서현도 미소 지으며 지한의 얼굴을 올려다보았다.

먼저 나아가 주변의 잡초들을 정리하던 연재는 두 손을 모으며 말했다.

"인사하세요. 여기는 지한이 짝, 서현이에요."

"안녕하세요, 채서현입니다."

"지한이랑 서현이를 꼭 닮아 태어날 꼬물이도 같이 왔어요."

제 어머니에게 인사를 건네는 서현을 보니, 지한은 만감이 교차했다. 하루하루를 겨우 살아가고 있던 중에 만나 자신을 구원해 준 서현이 배 속에 자신과의 사랑의 결실을 담고 어머니에게 인사를 하고 있었다. 여러 감정이 교차했지만, 지한은 행복했다.

"세상에서 녀석을 가장 잘 이해해 주고, 곁에서 평생 함께해 줄 사람이에요. 어때요, 예쁘죠?"

연재는 아들 지한이 혼자서 눈물로 지새우던 수많은 밤들을 지나 결국 이루어 낸 사랑에 대해, 사진 속에서 웃고 있는 박 화백에게 이야기해 주고 있었다. 그런 연재의 곁에 서 있던 윤 화백은 가만히 하늘을 올려다보고 있었다.

"……나 때문에 아팠던 녀석을 안아 준 착한 아이이니 당신도 마음이 놓일 거야. 그렇지?"

이 장소까지 왔어도 지금껏 떠나간 분에게 아무 말도 전하지 않던 그가 처음 꺼낸 말에, 지한은 놀라울 따름이었다.

"이제야 당신한테 말을 하는 건, 어쩌면 내가 지한이에게 제대로 용서를 받고 싶어서인 것 같아. 당신 앞에서."

"아버지."

"여보."

"아버님."

제 아들, 아내, 그리고 며느리까지. 저를 생각해 주는 이들의 부름에 윤 화백은 왠지 눈물이 날 것 같았다.

"저 두 사람이 곧 세 사람이 된대. 재미있지?"

지한은 서현의 어깨를 꽉 안아 주며 말했다.

"어둠뿐이던 내 마음을 환한 빛으로 비춰 준 아이야, 엄마."

자신을 믿어 주며 이해해 준 단 한 사람……. 그런 사람을 엄마에게 소개하는 지한은 왠지 가슴이 뭉클해지는 것 같았다.

"노력할게. 그리고 더욱더 사랑할게."

파스스. 바람이 일었다. 지한은 제 어깨를 스쳐 지나가는 따스한 바람이 저를 위로해 주는 듯한 느낌을 받았다.

하늘이 맑았다. 저 위에서도 잘 보이시겠지. 지한은 서현과 함께 이 순간의 기억과 충만한 느낌을 함께 나눌 수 있다는 사실에 감사했다.

"날 지켜봐 줘."

영원히 헤어날 수 없을 것 같던 어둡고 긴 터널에서 빠져나와, 이제는 사랑하는 모두와 행복한 미래를 함께할 수 있게 되었다. 지금껏 받았던 사랑을 나눠 줄 수 있는 성숙한 어른이 되었다. 빛과 어둠을 물리치고 희망이라는 빛이 자라났다. 두려움은 없었다.

사랑을 위한 기도

e
R w ite
r

"우와, 진짜 예쁘다!"

"……나, 괜찮아?"

"대박!"

"인정!"

칭찬과 웃음소리가 가득한 신부 대기실에서 주인공 서현은 평소 모습 그대로 미소를 지어 보이며 지인들의 농담에도 여유롭게 응했다.

"신부가 잘 웃으면 딸내미 낳는다던데, 서현이 너 첫째 아기는 딸일까나?"

"흠. 나는 우리 잘생긴 신랑 닮은 아들 낳고 싶은데."

"어머. 얘 좀 봐!"

"너희 신랑 잘생겼다는 건 우리도 이미 아니까 굳이 강조 안

해도 되거든!"

"잘생긴 우리 신랑 자랑 실컷 해야지! 아무튼 나는 나보다 우리 신랑 닮은 아들을 낳고 싶어."

능글맞은 서현의 말에 뜨악 하는 표정으로 그녀를 바라보던 사람들은 그녀가 어떤 일들을 거쳐 이런 경사를 맞이했는지 알기 때문에 금방 표정을 바꾸어 큰 소리로 깔깔거리며 함께 웃었다.

"우와. 채서현 너 원래 이런 캐릭터 아니었잖아?"

"……지금은 좀 봐줘, 나 사실은 무지 떨린단 말이야. 이렇게라도 하지 않으면 긴장돼서 숨도 못 쉴 것 같아."

괜히 평소보다 더욱더 능청스럽게 농담을 하며 애써 결혼에 대한 긴장감을 숨기고 있던 서현이 마침내 속마음을 털어놨다. 그러자 지인들이 그 마음 다 이해한다며 긴장으로 굳은 그녀의 어깨를 토닥여 주었다.

서현이 긴장하는 것은 당연했다. 오늘은 지한과 서현의 기나긴 오해가 믿음으로 변하고, 신뢰로 바뀌어, 마침내 사랑이라는 이름으로 영원히 함께할 '부부'가 되는 날이었기 때문이다. 그러니 당사자인 서현뿐만 아니라 지인들 역시 떨리고 가슴이 뭉클해졌던 것이다.

"신랑 입장."

마침내 식이 시작되고 오롯이 두 사람의 행복한 앞날을 위한 박수와 기도가 식장 안을 가득 채웠다.

"잘생겼다! 윤지한!"

"멋있다!"

와인색이 포인트로 섞인 블랙 턱시도를 입은 지한의 모습은 그 어느 때보다 멋들어지고 섹시해 보였다. 물론 그를 짝사랑했던 여자들이 아쉬움에 중얼거리긴 했지만 그런 쓸데없는 소리는 행진곡에 묻혀 금방 사라져 버렸다.

"뭐, 제 친구라서가 아니라 신랑 참 멋있습니다. 이어서 신부 입장이 있겠습니다. 여러분! 오늘의 주인공인 아름다운 그녀가 입장할 때 더 큰 박수를 쳐 주시면 감사하겠습니다. 신부 입장!"

"와~아!"

순백의 드레스를 입고 한 걸음을 떼는 서현의 모습은 조명 아래에서 더욱더 빛나고 있었다. 누가 봐도 아름다운 그녀의 모습에 하객들은 박수를 쳐 달라는 사회자의 부탁도 잊어버리고 오늘의 주인공 서현을 숨죽여 지켜보았다. 조심스러운 걸음으로 차츰차츰 신랑에게 다가가는 그녀의 모습에 하객들의 입가엔 어느새 미소가 걸려 있었다.

"우리 동생 잘 부탁하네."

"네. 감사합니다. 형님."

서현의 손을 꼭 잡고 그녀와 함께 걸어온 동현은 자신감 넘치는 지한의 대답에 그제야 하나뿐인 동생의 손을 지한에게 건네주었다.

"행복하자, 우리 서현이."

"오빠."

이다음에 시간이 흘러 자신의 딸이 시집갈 때가 된다면 이런 기분이 아닐까 싶은 생각이 들어 만감이 교차한 동현은 괜히 울적해졌지만 금방 그 기분을 떨쳐 냈다. 그러고는 다시 한 번 지한에게 눈짓으로 서현의 행복을 당부한 뒤 소영의 곁으로 걸음을 옮겼다.

"……예, 이어 성혼 선언문 낭독이 있겠습니다."

"성혼 선언문……."

많은 사람들 앞에서 부부가 되었노라고 선포하는 성혼 선언문이 이어졌고, 그 두 사람이 부부로서 살아가야 하는 시간 동안 명심해야 할 것들에 대한 짧은 주례사도 끝이 났다.

"그동안 두 사람을 키워 주신 부모님께 인사를 드리는 시간을 갖도록 하겠습니다."

그 말에 서현과 지한 두 사람이 양가 부모님을 향해 인사를 했다. 그런 뒤에 곧장 스크린에 두 사람의 사진이 하나씩 펼쳐졌고 그 사진을 보고 있던 가족들과 지인들의 눈에는 이따금 눈물이 맺히기도 했다. 물론 그 모습을 바라보는 서현과 지한의 눈에는 눈물보다 기쁨이 맺혀 있었다.

"자! 그럼 오늘의 하이라이트~"

"오오오!"

"과연 윤지한이 저걸 하겠어?"

"에이~!"

"이거 성공하면 대박이다!"

호기심을 잔뜩 자극하는 현수의 제스처에 사람들의 호응 소리가 식장 가득 울려 퍼졌다. 현수가 무슨 짓을 하려는지 이미 예상한 지한이 애써 표정을 관리하면서도 그를 향해 '선배 하지마! 하면 죽을 줄 알아!' 라는 눈빛을 은근히 쏘아 주었다.

'아! 진짜 선배!'

'아하하. 그냥 넘겨요, 좋은날입니다.'

지한의 복화술에 담긴 의중을 알아챈 서현은 그를 따라 복화술에 가담하며 입을 뻐끔거렸다. 예식을 기다릴 때보다 지금이 몇 배는 더 긴장돼서 등에 땀이 나는 것 같았다.

'끝나고 처단할 거야!'

'그건 안 됩니다. 참아요. 참아.'

'ㅇㅇ윽.'

하지만 서현과 지한의 날카로운 눈빛에도 아랑곳하지 않고 현수는 나중에 죽으리라 하는 마음으로 두 사람의 무섭지만 애절한 시선을 가볍게 무시했다. 그러고는 이 결혼식의 대미를 장식하기 앞서 옷맵시를 다시 한 번 다듬었다.

"이렇게 아름답고 잘나가는 우리 대학의 후배 채서현 양을 잡아가는 윤지한 씨!"

"뭐, 뭐, 윤지한?"

"와, 세다."

"대박!"

"그냥 넘어가긴 아쉽잖아요? 그렇죠! 여러분! 그냥 퇴장 못 시키겠죠~?"

"네에~!"

순식간에 이 식장 안에 있는 모든 대학 동기, 선배 및 동료가 적이 되어 버린 지한은 잠시 숨을 고르며 포기한 것처럼 잠자코 있었다.

'하하하, 성질부리면 안 돼요.'

'너까지?'

순간 서현이 자신의 곁으로 얼굴을 가까이하며 속삭이는 얘기에 지한은 결국 완전히 포기한 듯 황당한 표정을 지었다. 그러고는 지한도 결국 나를 잡아 먹어라 하는 표정으로 현수의 주문을 기다렸다.

그 모습에 현수는 마침내 지한에게 서현을 안아 들고 만세 삼창을 할 것을 요구했다. 결혼을 하는 신랑이라면 으레 한 번은 거치는 일이지만, 이 식장에 모인 하객들은 과연 지한이 그것을 할지 확신할 수 없었다. 하지만 '채서현 효과'로 지한이 서현을 번쩍 안아 들고 앉아서 '채서현, 만세!' 일어나서 '채서현 만세!'를 세 번 반복하자, 사람들은 그런 지한의 모습에 놀라움을 감출 수 없어서 입을 떡 벌리고 지켜보았다.

"저기 그러니까. 지금 이게 채서현 효과지?"

사랑은 보이지 않는 곳에서부터 시작되는 익숙함일 수도 있고 새로운 것일 수도 있다.

"신랑 신부 퇴장!"

지한과 서현이 발견하지 못했던 마음은 사랑이 되어 마침내 누구도 갈라놓을 수 없게 결혼이라는 매듭을 지었고, 이제 두 사람은 함께 새로운 생활을 시작해 나갈 것이었다.

"잘 부탁해. 사랑한다."

"잘 부탁합니다, 사랑합니다."

　쏟아지는 폭죽과 커다란 함성 속에서 두 사람의 고백이 서로의 가슴속에 깊이 새겨졌다. 두 사람의 손에 껴 있는 반지에 담긴 약속처럼, 그 어느 날인가 먼저 눈감은 사람을 그리며 그 추억 속에 행복했던 기억과 아파했던 기억을 미소 지으며 꺼내어 볼 수 있는 사랑이 되기를 바라는 마음으로 기도하면서 말이다.

—The end

　이 작품을 처음 연재했던 때로부터 어느덧 1년이라는 시간이 흘러, 이렇게 책으로 나오게 되었네요. 이루 말할 수 없는 여러 감정들이 뒤섞이는 것 같습니다.

　소설을 쓰는 것은 처음에는 그저 좋아하는 드라마와 만화의 주인공들을 저만의 상상 속으로 끌어들여 시작하게 되었던 취미였습니다. 그 취미가 생각지도 못하게 전문적으로 책을 출간하는 회사를 만나게 되어, 종이책과 전자책으로 여러 독자분들께 널리 읽히게 되었습니다. 꿈같은 일이 저에게 일어난 것 같아, 여전히 믿을 수 없는 기분으로 후기를 작성하고 있습니다.

　〈리라이트〉 속 주인공인 지한과 서현은 현실을 바쁘게 살아가던 저를 다시 살게 한 아이들입니다.

상처뿐인 마음을 가리려 차갑고 날 선 모습으로 살아가던 지한, 그리고 그런 지한을 감싸 안으려다가 날카로운 가시에 찔려 아픔으로 이별을 말해 버린 서현…….

이 글이 로맨스로 분류되어 출판이 이루어졌지만, 누구에게든 한 가지 정도의 아픈 비밀은 있을 거라고 생각합니다. 그리고 그 아픈 비밀로 인해, 타인에게 아픔을 줄 수도 있는 게 사람이라는 존재라고 생각합니다.

자신의 가장 가까운 곳에 있어 주는 연인, 그리고 가족, 배우자, 친구에게 고마움을 잊고 상처를 준 적이 있다면? 하는 생각으로 글을 쓰게 되었습니다.

그저 단순히 혼자 즐기며 쓰던 제 글을 좋아해 주신 인터넷상의 많은 독자분들께 감사드립니다.

앞으로 저에게 이런 기회가 다시 생길지는 잘 모르겠지만, 그래도 늘 같은 자리에서, 제 글을 통해 위로를 받고 즐거움을 느끼는 분들과 이야기를 나누며 살아가고 싶습니다.

푸른빛 사랑 이야기 〈rewrite〉.
여러분의 인생에도 환한 빛이 가득히 비추시길 기도합니다.

리 라 이트

초판 1쇄 찍음 2016년 4월 11일
초판 1쇄 펴냄 2016년 4월 15일

지은이 | 엘리아
펴낸이 | 정 필
펴낸곳 | **(주)뿔미디어**

기획 · 편집 | 안리라, 전은지

출판등록 | 2002년 9월 11일 (제1081-1-132호)
주소 | 경기도 부천시 원미구 소향로 17, 303(두성프라자)
전화 | 032)651-6513 / 팩스 | 032)651-6094
E-mail | dahyangs@naver.com
블로그 | http://blog.naver.com/dahyangs
홈페이지 | http://bbulmedia.com

값 7,000원

ISBN 979-11-315-7069-2 03810

www.bbulmedia.com